ートル手前

米澤穂信

高校生の心中事件。二人が死んだ場所の名をとって、それは恋累心中と呼ばれた。週刊深層編集部の都留は、フリージャーナリストの太刀洗と合流して取材を開始するが、徐々に事件の有り様に違和感を覚え始める。太刀洗はなにを考えているのか？　滑稽な悲劇、あるいはグロテスクな妄執——己の身に痛みを引き受けながら、それらを直視するジャーナリスト、太刀洗万智の活動記録。日本推理作家協会賞受賞後第一作「名を刻む死」、土砂崩れの現場から救出された老夫婦との会話を通して太刀洗のジャーナリストとしての姿勢を描く「綱渡りの成功例」など粒揃いの六編。第155回直木賞候補作。

真実の10メートル手前

米澤穂信

創元推理文庫

HOW MANY MILES TO THE TRUTH

by

Honobu Yonezawa

2015

真実の10メートル手前

目次

HOW MANY MILES TO TRUTH

真実の一〇メートル手前

真実の一〇メートル手前

1

いつになく早い雪が日本の東半分をまだらに覆った朝が明けて、わたしは名古屋駅にいた。八時の「しなの」で塩尻に向かうことにしていた。いくつかの路線でダイヤが乱れているけれど、予定の電車は定刻通りに出るそうだ。

駅のホームで人と合流する手はずだったが、車輌がホームに入ってきてもまだ現れない。腕時計を見て、携帯電話を取り出す。相手の電話番号を表示したところで、背後から息切れ気味の声をかけられた。

「すみません、遅くなりました」

携帯電話を戻して振り返る。

「間に合ってよかった」

待ち合わせの相手、藤沢吉成《ふじさわよしなり》が息を切らしていた。ダウンジャケットはジッパーが閉められておらず、シャツはボタンが一つずれている。髪は逆立って僅《わず》かに脂気《あぶらけ》があり、髭《ひげ》の剃り残しもある。目は赤く、その下には濃い隈《くま》が浮き出ていた。

藤沢は、しきりに頭を掻《か》いた。

「いや、ほんとすいません」

「気にしないで。昨日遅かったんでしょう」

「というか、ほとんど徹夜です」

「そう。それで山梨出張なんて、悪いわね」

発車ベルが鳴り始める。手振りで藤沢を急かし、「しなの」の指定席に乗り込む。

「太刀洗《たちあらい》さんと組むのは久しぶりですね。嬉《うれ》しいです」

乗り込み間際、藤沢がそんなことを言ったが、発車の音に紛れていたので、わたしは何も言わなかった。


中央本線を下る「しなの」の指定席車輛は、楽しげな若者たちで六割ほど埋まっていた。藤沢が、慎重な手つきでカメラバッグを荷棚に上げる。車内を見まわしてから、座席に身を沈め、わたしに耳打ちしてくる。

「意外と客が多いですね」

「そうね。シーズンにはまだ早いのに」

昨夜は長野と山梨、群馬の一部で、平野部でも一センチ程度の雪が積もった。ウインタースポーツにはまだ早く、今日は平日なのに、気が早い学生たちはスキー場へと向かうようだ。

赤い目をした藤沢が自分の頬《ほお》をはたき、声を励まして訊いてきた。

「それで、実はよくわかってないんですが、今日はなんの取材なんですか」

藤沢は、わたしが所属する東洋新聞大垣支局に今年配属されてきた新人だ。彼はカメラマンとして採用されたのだが、東洋新聞ではカメラマンでも最低一年は記者としての経験を積むことになっている。いちおうわたしが教育係ということになっているが、配属から半年以上が過ぎて、いまでは彼も自分の仕事を持っている。最初の頃のように、いつも連れまわすということはしないが、今回は特別だ。

藤沢が言う。

「フューチャーステアの事件だということは聞いています」

「そう」

わたしは正面を向いたまま、目だけを藤沢に向けた。

「藤沢くんは早坂真理《はやさかまり》って知ってる?」

「フューチャーステアの広報ですね。超美人広報って呼ばれていた。テレビにもよく出てました」

頷《うなず》く。

早坂真理は、ベンチャー企業フューチャーステアの広報担当者だった。社長の早坂一太《いちた》の妹で、一太が会社を興《おこ》したときにはまだ大学生だった。会社の急激な成長と共に、マスコット的にテレビや週刊誌に取り上げられてきた。愛嬌《あいきょう》があり、頭の回転が速い。バラエティー番組に出れば笑顔を振りまき、報道番組に出ればコメンテーターの意地悪な質問にも的確に答える。

しかし、フューチャーステアの経営が悪化し始めると、当然ながら露出は少なくなった。

フューチャーステアは、四日前に経営破綻した。あらゆる媒体で流されたそのニュースの中にも、早坂真理の姿はなかった。

「僕は会ったことはないんですが、実際どんな人なんですか」

「いい子ね。とってもいい子」

「太刀洗さんが素直に褒《ほ》めるなんて珍しいですね」

「そんなことはないと思うけど」

そこでふと、藤沢の顔に怪訝《けげん》そうな色が浮かぶ。

「で、なんで太刀洗さんと僕が、早坂真理を取材に行くんですか」

わたしは藤沢をまともに見た。彼の頰が赤くなっていく。

「……恥ずかしながら、昨日は立て込んでいてニュースをチェックできなかったんです。僕、何か間抜けなこと言ったんですね」

恥じ入らせるほど、冷たい目を向けたつもりはなかったのに。むしろ、それほど多忙だった日の翌日に出張してもらっていることが、申し訳なかった。かぶりを振る。

「いいえ。一言で済むことだから。社長の一太と妹の真理が、姿を消したの」

フューチャーステアは、三年前に創業された新興企業だ。日々の買い物が困難な高齢者に、インターネットを介して日用品や医薬品を届けるサービスを行っていた。社長の一太は、創業当時二十六歳。若い社長と高齢者向けサービスの取り合わせが物珍しかったのかビジネス誌でも盛んに取り上げられ、彼は自信に満ちた口ぶりで、情報革命は福祉革命であると語っていた。

一太の狙いは当たった。フューチャーステアは急成長し、鳴り物入りでマザーズへの上場を遂げる。彼はまた、新しい事業を展開してもいた。会員を募って集めた資金で農家や畜産家と契約し、有機栽培の農畜産品を届ける事業を始めたのだ。この事業は単に共同購入の域に留まらず、余剰生産品を売って得た利益を会員に還元する投資的な側面も持っていた。

結果的には、この事業が会社の命取りになった。配当金は説明通りに支払われていたが、その資金には新規会員の加入費が当てられていたことを示唆《しさ》する書類が表に出たのだ。農畜産ビジネスは、かなり初期から自転車操業だったと見られている。

九月の配当が滞《とどこお》ったことから株価は下落を始め、株主に対する説明が不充分だったこともあり、十一月半ばからは連日のストップ安となった。十二月に入ってフューチャーステアは遂に経営破綻した。一太は経営責任を問われるだけに留まらず、一部のメディアからは、計画倒産を目論《もくろ》んだ詐欺師同然の扱いを受けている。

「一太と真理は、大垣の出身だった」

「そうだったんですか」

それを聞いても、藤沢は全く納得した風ではなかった。無理もないことだ。フューチャーステアの破綻は全国規模の大ニュースであり、東京本社の社会部や経済部が動いている。支局記者が扱うような話題ではないのだ。

彼はおずおずと訊いてくる。

「太刀洗さんが動いてること、支局長は知っているんですよね」

「……黙認はされてる、はず」

「ちょっと待ってください」

狭い座席の中で身をよじり、彼がこちらに向き直る。

「すると、こういうことですか。僕たち、本社に喧嘩《けんか》売って早坂真理のコメントを取りに行くってことですか」

「喧嘩っていうのは大袈裟《おおげさ》だけど」

わたしは目を伏せた。

「怒る人もいるかもね」

僅かに、藤沢の表情が強張《こわば》る。やはり、最初に話しておくべきだった。

「藤沢くんには悪いことをしたと思ってる。いちおう、無理に連れてこられただけっていう形にはなっていると思うけど、不安だったら次の駅で降りて。……本当は昨日この話をしようと思っていたけど、連絡がつかなくて」

すると彼は、にやりと笑った。

「いや、それはいいです」

「いいって？」

「不安なら降りるかっていう話です。これが太刀洗さんの暴走だってわかれば、覚悟も決めやすいってもんです。行きますよ」

「……ありがとう」

「どういたしまして。ただ、そういうことならカメラはいらなかったかなあ」

もうすぐ多治見《たじみ》に着くというアナウンスが流れる。指定席の客は一人も立ち上がらなかった。

「一緒に来てくれるならとても助かるけど」

多治見に着く前に、これだけは話しておく必要がある。わたしは早口で言葉を継ぐ。

「これを聞いてから判断して。言いにくいんだけど、早坂真理はまだ見つかっていない。フューチャーステアの子会社が平塚にあって、そっちにいるんじゃないかって同業者が集まってるけど、一太も真理も見当たらないみたい」

「えっ。じゃあ、僕たちはなんで甲府に」

「情報があるの。平塚は違う、少なくとも真理はそこにはいない。わたしは、彼女は甲府近辺にいると思ってる。ただ、確実じゃない。……それを踏まえて、もう一度考えてみて」

藤沢はくちびるをとがらせた。不満そうに言う。

「太刀洗さん。僕だって新聞社の人間です」

「……」

「空振りは覚悟してます」

「そうね」

口許《くちもと》が緩《ゆる》むのを自覚した。新人相手だと思って、余計な気をまわしてしまったようだ。

「失礼なことを言った。ごめんなさい」

彼は黙って頷いた。

車窓の外は市街地になっていた。列車は減速し、存外大きな駅へと入っていく。数十秒の停車時間、誰も席を立たず、また乗ってもこない。ここから先、線路は東山道に沿って山あいへと入っていく。

ゆっくりと動き出した景色を見ていると、藤沢が訊いてきた。

「もう一つ、教えてほしいんですが」

「なあに」

「どうしてそこまで、早坂真理を取材したいんですか?」

家々の屋根や田畑に、昨日の雪がほんの僅かに解け残っている。

会社員として危ない橋を渡ってまで、なぜ、ということなのだろう。窓の方を向いたまま、わたしは言った。

「前に、帰省中の早坂真理のインタビューを取ったことがあるの。朗《ほが》らかな雰囲気と、押しつけがましくない頭の良さが印象的だった。そのとき、彼女の同級生や恩師にも話を聞いてね。みんな早坂真理を好いていた。フューチャーステアは詐欺会社だってニュースが流れるようになってから、支局に電話がかかってくるの。あの子は詐欺なんかしない、一太も真理も、商売は失敗したかもしれないけど、悪い子じゃない……って。うちの支局の担当地区では、早坂兄妹の消息は大きな関心を集めている。なら、取材するのは当然でしょう」

「それは……そうかもしれません」

藤沢は嚙みしめるようにそう言うと、一つ息をついた。

「……それで、太刀洗さんが摑《つか》んだ情報って、なんなんですか」

特急「しなの」が東を指して進む速さは、新幹線に慣れた身にはあまりにも遅く感じられる。時間だけは、たっぷりとあった。

2

早坂一太と真理の兄妹の下にはもう一人、弓美《ゆみ》という末妹がいる。今年大学を卒業した二十三歳で、彼女はフューチャーステアとは関係を持たず、名古屋市内のアパレル会社に勤めている。

真理のインタビューを取るとき弓美も実家にいたので、わたしは弓美と名刺を交換していた。昨日の午後、一太と真理が姿を消したことがわかってすぐにわたしは弓美に連絡し、二人の行方を知らないか訊いた。まだ仕事中だった弓美は、少し迷惑そうだったがわたしを邪険にはせず、何も知らないと答えた後でこう言った。

「大丈夫ですよ。兄も姉も、子どもの頃はちょっとしたことで家出してました。そんなに捜さなくても、そのうち、しれっとした顔で戻ってきます」

しかしそれから数時間後、夜九時を過ぎた頃、今度は弓美から電話がかかってきた。彼女は戸惑うような声で言った。

『姉が電話をくれました。それで……もしご迷惑でなければ、いまから来ていただくことはできますか？』

弓美は、名古屋市金山《かなやま》に住んでいる。腕時計を見て、一時間半で行くと約束した。

弓美が住むマンションは金山駅から歩いて七分の位置に建つ五階建てだった。エントランスにはオートロックがついていて、機械式の駐車場もあった。弓美の部屋は最上階にあり、間取りはわからないが、リビングは十二畳ほどはあっただろう。ガラステーブルに、ずいぶんと香りの強い紅茶を出してくれた。

それで、と促すと、弓美は申し訳なさそうに「こんな夜中にお呼び立てして、すみません」と切り出した。

「九時ちょっと前に、姉から電話がありました。ずいぶん酔っているようで、どこにいるのかと訊いたのに、わたしの話はあんまり耳に入ってないようでした。しかも一方的に電話切っちゃうし……。やっぱり捜した方がいいのかなって思うんですが、警察に捜してもらったら、もし見つかっても姉は警察に捕まったってことになりそうだし、友達とか会社の人には姉たちのことを隠してるから相談できないし、どうしていいかわからなくなって」

フューチャーステアの経営破綻について、真理はともかく一太はなんらかの法的責任を問われることになるだろうが、それと失踪の捜索とは別の話だ。警察に通報したからといって、真理が逮捕されることはなかっただろう。とはいえ、躊躇《ちゅうちょ》する弓美の気持ちも理解できた。

「わかりました。わたしにできることはしますから、どんな電話だったか詳しく教えてください」

弓美はボイスレコーダーをガラステーブルに置いた。

「いちおう、いつ電話がかかってきてもいいようにと、これを手元に置いていました。始めの部分は録れていませんが、後は聞けるはずです」

他の手がかりがないかしばらく話を聞いてみたが、弓美はもともと一太とは没交渉で真理とも半年ほど連絡を取っておらず、最近の事情は全く知らないのだという。

「実家からも何か知らないかと訊かれるんですが、本当に、さっきの電話が初めてなんです」

「そう……。とにかく、聞かせていただきます」

再生ボタンを押すと、弓美が言っていた通り、会話の途中から録音したらしい声が流れ出す。わたしはよく聞き取るため、髪をかき上げて耳を出した。

その会話データは、昨夜のうちにテープ起こしも済ませている。

弓美：……ちゃん、いまどこにいるの。お父さんもお母さんも心配してる。
真理：いま、いまはね、車の中。お酒飲んでね、いまは空を見てる。
弓美：無事なの？　テレビで見て、心配してた。

真理：テレビなんか見ちゃだめだよ。ああ、でも、弓美はテレビっ子だったもんね。
弓美：お姉ちゃん、酔ってるの？
真理：（えずく音）
弓美：大丈夫？　そっちに行こうか？
真理：何言ってんの。あんたは仕事があるでしょ。あたしはね、お仕事なくなっちゃった。
弓美：だいぶ酔ってるじゃない。ねえ。
真理：大丈夫じゃないのかな。さっき、男の人に介抱されちゃった。言葉が上手くて、割と恰好よくてね。ちょっと好み。
弓美：男の人って、お姉ちゃん、大丈夫なの？　いまもその人といるの？
真理：大丈夫だってば。変な気まわすんだから。
弓美：ねえ、お父さんたちにも連絡してあげてよ。すっごく心配してるんだから。
真理：どうかなあ。
弓美：教えてよ。いまどこにいるの？
真理：うーん、おばあちゃんちの近く。でも、あれだね、やっぱりだめだね。会いに行けない。
弓美：そんなことないってば。おばあちゃんも喜ぶよ。
真理：ホテルがあるような町じゃないし、タイヤがあれだから移動もできないし、困ったねえ。
弓美：大丈夫だから、おばあちゃんちに行ってよ。今夜は寒いよ。
真理：平気。うどんみたいなの食べてね、いますっごくあったかいの。ねえ弓美、あたしもふつうになれたはずだったんだよね。
弓美：何言ってるの、お姉ちゃん。ね、いいから教えて、いまどこなの？
真理：弓美は自分の好きな仕事ができてよかったね。あたしやお兄ちゃんの妹だって、まわりに言ったらだめだよ。
弓美：おばあちゃんって、どっちのおばあちゃん？　ねえ。
真理：好きよ、弓美。
弓美：お姉ちゃん？
真理：風邪引かないように、早く寝るんだよ。じゃあね。
弓美：お姉ちゃん、もしもし……。

弓美は自分と姉との会話を聞きながら、しきりに首を捻っていた。

「姉は酒飲みだけど、こういう酔い方はしない人のはずなんです」

わたしは、その時点で訊けるだけのことを訊いた。

「早坂さん。『おばあちゃん』はどこにお住まいですか」

弓美ははきはきと答えた。

「父方の祖母は山梨県の幡多野町《はたのちょう》に、母方の祖母は静岡県の御前崎《おまえざき》に住んでいます」

「おじいさんはどちらもご健在でしょうか？」

「母方の祖父は亡くなりました」

「では、『おばあちゃんち』は、母方のお宅を指していると考えていいですか」

弓美はかぶりを振った。

「いえ。父方の家を指すときも、姉は『おばあちゃんち』と言ったと思います」

「ふだんからそう呼んでいたんですね」

「はい」

「どちらが特に親しかったということは、ありましたか?」

少し間があって、弓美はまた、かぶりを振った。

早坂真理が静岡と山梨のどちらに向かったのか、この時点でわたしには確信があったが、推測を伝えるのはやめておいた。代わりに、

「わかりました。これだけわかれば、きっと捜し出せます」

と言った。弓美はぺこりと頭を下げた。

「よろしくお願いします」

「お任せください。あと、もう一つ訊かせてくれませんか」

「……はい」

「なぜわたしに連絡をくれたんですか。弓美さんのところには、きっと他にもたくさん取材の申し込みがあったはずです。でもどうやら、弓美さんはわたしにだけ連絡をくれている。なぜでしょうか」

答えは、すぐに返ってきた。

「前に、姉が言っていたんです。いろんな雑誌やテレビが、勝手に姉のイメージを作ろうとしたって。でなかったら、たった十分ぐらい話しただけなのに、それを水増しして勝手に姉の『本音』にしてしまったって。

でも、太刀洗さんだけは違ったって言っていました。最初は無愛想な人だなって思ったそうです。だけど、あの人と話していたら、インタビューの質問に答えているだけなのに、自分でも気づかなかった自分の考えを引き出された。太刀洗さんだけが本当に自分の話を聞こうとしてくれたって、嬉しそうに話していました。太刀洗さんを選んだのは、だから、です」

そのインタビューは憶《おぼ》えている。けれど、それが記事になったものを、早坂真理は読んだだろうか。充分な仕事ができていたのか、わからない。

わたしは言った。

「ありがとう。あの方は自分が客寄せになっていることを誰よりも知っていました。それなのに、フューチャーステアの仕事はたくさんの人を幸せにするはずだと信じて、きわどい質問や注文を捌《さば》いて、いつもにこにこと笑っていました。……わたしは、早坂真理さんが好きです」

ボイスレコーダー本体は貸してもらえなかったが、音声データはメモリスティックに移させてもらった。

金山のマンションを辞した頃には、二十四時近くなっていた。

昨日ろくに寝ていないはずなのに、藤沢は目を何度もしばたたかせながら、じっとわたしの話を聞いていた。

「もし早坂真理を見つけられたとしても、彼女は憔悴《しょうすい》していると思う」

わたしはそう言った。

「早坂真理のコメントが取れたら、故郷で彼女を心配している人たちや、妹の弓美を安心させられる。でも、できるだけ早く捜してあげたいから、藤沢くんにも来てもらったの」

藤沢は何も言わず、頷いた。

自分のバッグからクリアファイルを出して、藤沢に渡す。

「これが、通話を書き起こしたもの。早坂真理の現在地の直接的な手がかりは、いまのところこれしかない」

ファイルに挟んだA4のプリントアウトを一通り読み、藤沢は慎重に言った。

「電話で、居場所は言っていないんですね」

「意図的に言わなかった感じね。何が何でも隠したいとまでは思ってなかったみたいだけど」

彼は再び目を凝《こ》らして通話記録を読んでいたが、ほどなく天井を仰《あお》ぐと眉根を揉み、唸《うな》った。

「これじゃ、わからないですよ」

「そう？」

「甲府に向かっているんだから、太刀洗さんは山梨の方があやしいって思っているんですよね。わからないなあ……二分の一の賭けでしょう、これ」

「賭けは賭けだけど、かなり分のいい賭けだと思う」

車窓の外は、いつしか信濃の白い山野に変わっていた。赤い目をした藤沢は、じっと考え込んでいる。

ややあって、

「わかりません」

と返ってきた。

説明する必要はないと思っていた。けれどそれでは、徹夜明けなのに巻き込んでしまった藤沢に、あまりにも悪い。手を伸ばし、通話記録の一部を指でなぞる。

「ここよ」

「……『タイヤがあれだから移動もできないし』ですか」

「そう」

通話記録を藤沢の手から抜き取り、クリアファイルに入れてバッグに戻す。

「待ってください、それだけですか」

「それだけって?」

「タイヤがどうかしたんですよね。それで、なんで静岡じゃなくて山梨だって言えるんですか」

軽快なメロディーが流れた。車内放送が入る。

『間もなく塩尻、塩尻です。お忘れ物にご注意ください』

窓の外では、雪景色が次第に街並みへと変わっていく。わたしは言った。

「パンクの可能性も皆無《かいむ》じゃないけど」

「はあ」

「ノーマルタイヤだったんでしょう」

藤沢は「あ」という声を漏らした。

特急列車が減速を始める。

「昨日は東日本の広い範囲で雪が降った。山梨でも、少量ながら積雪があった。早坂真理の車はノーマルタイヤだったから、雪が積もってしまうと動きづらかったんでしょう。それで、『タイヤがあれだから移動もできないし』という言い方になった。念のため調べたけど、雪が降ったのは東北全域と新潟県、長野県、山梨県、群馬県。静岡県御前崎市で降雪は観測されていない」

クリームイエローのマフラーを首に巻き、ネクタイ結びにしていく。

「早坂真理が昨夜いたのは、山梨県幡多野町よ。『あずさ』に乗り換えたら、休んでいて。甲府に着いたら起こすから」

3

ダイヤが乱れて乗り換えに時間がかかり、「あずさ」が甲府に着いたときには十二時近かった。

車中から見た甲斐路《かいじ》はうっすらと雪化粧をしていたが、僅かばかりの雪が都市の熱に解かし尽くされてしまったかのように、甲府に雪はなかった。駅前の大規模なロータリーにバスが入ってくる。乗客は、降りる方も乗る方もまばらだった。

大きく息を吸い込む。名古屋から来た身には、何か空気が違って感じられるかと思ったけれど、ただ胸が冷えるばかりだ。

「移動はタクシーですよね。乗り場、あっちにありました」

大きなカメラバッグを肩に掛けた藤沢が、ロータリーの一隅《いちぐう》を指さす。けれどわたしは軽く手を振って携帯電話を取り出し、登録しておいた番号に電話をかけた。

「もしもし。朝お電話した、東洋新聞の太刀洗と申します」

相手は甲府のタクシー会社だ。朝のうちに配車を頼み、塩尻駅から乗り換えの遅れも連絡してあった。タクシーがどこに駐《と》まっているかを訊くと、電話の相手が言う。

『南口の正面ですよね。すぐにまわしますから、そこでお待ちください』

電話を切ると、藤沢が笑った。

「手配する必要、ありましたかね」

タクシー乗り場には、相当数のタクシーが客待ちをしていた。目で数えても二十台は超えている。確かに、乗るだけなら、わざわざ予約しなくてもすぐに乗れただろう。

わたしは答えなかった。藤沢がふと真顔に戻る。

「雪とタイヤのことは正直、思いつきませんでした。でも、ここからどうするんですか。何か手伝えることがあったら言ってください」

「ありがとう。……そうね、藤沢くん、お腹空いたでしょう」

藤沢はきょとんとした顔つきになった。

「はあ。まあ、空いてないこともないですが。あの、いちおう今後の予定だけでも聞いていいですか」

「ちゃんと話すから。お昼にしよう」

「いいですけど、タクシー来ますよ」

「タクシーで行くのよ」

甲府駅前にはビルが立ち並び、そこには広告の看板がみっしりと掛けられている。消費者金融の看板、英会話教室の看板、ビジネスホテルの看板、地酒の看板、そして土地の名物の看板もあった。どこを見るともなく漫然と視線を上げたまま、訊く。

「ほうとうって、食べたことある？」

「……いや、ないです」

「知ってる？」

「名前だけは。どんなものですか」

「山梨の名物でね。わたしは割と好き。今日の昼はそれにするけど、藤沢くんは好き嫌いはない？」

藤沢は語気を強めた。

「今日中に名古屋に帰るなら、あんまり時間はないですよ。駅の中に、何か簡単に食べられる店があるでしょう」

「ほうとうじゃなきゃだめなのよ。藤沢くんも、取材で出かけることはあるでしょう。名物はあんまり興味ない？」

「場合によります。今日はあんまり気が乗らないですね」

黒いタクシーが近づいてくる。ハザードランプをまたたかせ合図するので、わたしは手を振った。車体の大きさやワックス艶《つや》から見て、タクシー会社は上等な車をまわしてくれたようだ。

「ふつうの車でいいって伝えるべきだった」

藤沢も肩をすくめた。

「これはちょっと目立ちますね」

「なんとかなるでしょう。行こうか」

目の前にタクシーが停まり、ドアが開く。運転手が降りてきて、折り目正しく頭を下げた。

「太刀洗さまですね。今日ご案内します、館川《たてかわ》と申します。よろしくお願いします」

四十歳ぐらいの痩《や》せ気味の男性で、作った感じがしない笑顔が嬉しい。彼は藤沢のカメラバッグを見て、すぐに言う。

「荷物、お入れします」

機敏な動きで車内に戻り、トランクを開けてくれる。

行き先はとりあえず幡多野町とだけ告げて、車を出してもらう。時間を訊くと、三十分ぐらいで着くということだった。

車は甲府駅から南に走り出す。空は広いが、電線が低く垂れ込めているように見えた。タクシーは定額料金で貸切にしてあるので、メーターは動いていない。

「昨夜の雪はどうでしたか」

と訊くと、快活な声で答えが返ってきた。

「大したことはありませんでしたよ」

「積もったと聞きましたが」

「夜明けにはうっすら積もっていましたから、この車もスタッドレスに換えてます。でなきゃ危なっかしくってね。でも、陽が昇ったら全部解けました」

確かに、行き過ぎる街並みにも雪はほとんど見当たらない。

隣で藤沢が声を潜《ひそ》める。

「太刀洗さん。さっきはああ言いましたが、ちょっと腹減ってきました。やっぱり、腹が減ってはなんとやら、ですね」

頷き、運転手に訊く。

「運転手さん。幡多野でお昼を食べたいんですが、お店を教えてもらえますか」

バックミラーの中で、運転手の目がこちらを向いた。

「ええ、もちろんです。幡多野に詳しい運転手を、とのご指定ですからね。わたし、幡多野生まれ幡多野育ち、いまも幡多野に住んでます。お任せください」

藤沢がちらりとわたしを見た。タクシーをあらかじめ手配しておいた意味を、わかってくれたのだろう。土地鑑も時間もない今回の取材では、地元の情報に詳しいタクシー運転手が絶対に必要なのだ。

「ただ、幡多野は小さい町ですし、観光する場所もあんまりありません。店の数も少ないです」

「ありがとう。じゃあ、ほうとうのおいしい店はありますか?」

返事には、笑みが含まれていた。

「ええ。ありますよ。ほうとうっていうと観光客向けに食べやすくした店が多いですが、幡多野の店はどれも、昔ながらの本場の作り方です」

「割と夜遅くまでやっていて、お酒も出してくれる店がいいんですが」

「夜遅くですか。甲府の真ん中のようにはいきませんが、まあ、八時ぐらいまでならやってるところがありますよ。地酒も揃っていますよ。昼の営業もしていたはずです」

もう一つ訊く。

「そのお店、定休日は何曜日ですか」

「確か水曜日でした」

「他のお店はありませんか」

行く先の信号が黄色に変わり、タクシーが減速していく。完全に停止させてから、運転手は首を傾《かし》げて言った。

「他に、ですか。どうだったかな」

赤信号が青に変わる。再びタクシーが走り出す。

「……そういえば一軒ありますが、お酒はビールぐらいしか置いてないです。味は悪くないんですが、ちょっと場所が良くないです。街から遠いんですよね。定休日は、どうだったかなあ。日曜だったような気もしますが、すいません、わたしもあんまり行ったことがなくて」

「では、その店にお願いします」

「ほうとうなら、もっとお薦めの店もありますが」

タクシーはカーブに差しかかり、運転手はバックミラーを見てはいない。しかしわたしは、小さく頭を下げた。

「ありがとうございます。戻りが遅くなったら、夜はそちらにお願いします」

運転手は気分を害した風もなく、

「わかりました。では、そちらに」

と言った。

駅前に立ち並んでいたビル群は早々に姿を消し、大きな看板と駐車場を備えた店が増えてくる。それもやがて見えなくなり、次第に瓦屋根の民家が目立ち始める。家々の間隔がまばらになっていき、いつしか道も細くなった。収穫を終えた田畑が目につく。市街地では見られなかった、解け残りの雪もちらほらと見えた。隣では、藤沢が船を漕いでいる。

「ラジオでもつけましょうか」

不意に、運転手が言う。

「いえ。せっかくですが、同僚が休んでいるので」

「ああ……。これは失礼。お仕事ですか」

「ええ」

「幡多野にお仕事とは、珍しいですね」

タクシー会社には、東洋新聞の太刀洗と名乗って手配を頼んだ。その情報は、運転手には伝えられなかったらしい。敢えて説明する必要もないので、「ええ」と生返事をする。眠っている藤沢に気を遣ってくれたのか、運転手はそれきり話しかけてこなかった。

腕時計で時間を計る。幡多野までは三十分と聞いていたが、もう少し時間がかかった。目当ての店が町外れにあったせいかもしれない。三十五分ほど走り、自転車を一台追い抜いたところで、遠慮がちに声をかけられた。

「そろそろです」

はい、と答えて、藤沢の腕をつつく。厚いダウンジャケットを着込んだ腕は、少しつついたぐらいでは感覚が伝わらなかったのかもしれない。起きなかったので、起きるまで揺さぶった。

農地が広がる中に、ぽつんと一軒の家が建っている。白塗りの壁に民芸調の三角屋根を載せ、破風《はふ》には狐格子もある。プラスティックの看板が出ていて、緑地に白で「御食事処」と書かれていた。店の前には広々とした駐車場があり、タクシーはそこに入っていく。数台は楽に駐められそうだったが、他に車はなかった。

「はい、着きました」

「ありがとうございます。せっかくですから、ご一緒にどうですか」

誘ってみたが、運転手は白手袋をした手を振った。

「いえ、わたしは済ませました。お仕事の話もあるでしょうから、遠慮します。近くにいるようにしますから、終わったら携帯で呼んでください。では、ドアを開けます」

バッグを持つ。ドアが開き、冷気が吹き込む。そこで藤沢が突然、

「危ない！」

と声を上げた。金属が擦《こす》れ合う、甲高《かんだか》い音が鳴る。

見ると、開いたタクシーのドアすれすれに自転車が停まっている。音は自転車のブレーキのものだった。

自転車がタクシーのすぐ横を通ろうとしたところで、ドアが開いたのだろう。衝突はしなかったと思うが、運転手はすぐに飛び出して、こちら側にまわってくる。

「大丈夫ですか！」

自転車に乗っていたのは青年だった。顔が見えた。

引き締まった、精悍な顔立ちだ。髪はやや天然パーマ気味で、目鼻立ちは彫りが深い。寒さのせいか、顔がずいぶん赤かった。

自転車には前かごがついているが、空《から》だった。後部の荷台には段ボール箱が紐でくくりつけられていて、そこから長葱《ながねぎ》の束が飛び出しているのが見えた。青年は口許を固く結んでいたが、

運転手の問いかけには、はっきりと答えた。

「大丈夫です」

「すみませんでした」

「いえ」

頭を下げる運転手に短く答え、青年はペダルに足を乗せる。そのまま自転車を漕いで店の裏手へと消えていった。

わたしもタクシーを降り、長い息をつく運転手に声をかけた。

「無事でよかったですね」

運転手は振り返り、ぎこちなく笑う。

「そうですね。それにしても、こんな広い駐車場でひやりとするとは思いませんでしたよ。……では、食事が済んだらご連絡ください。トランクを開けましょうか」

「お願いします」

いまの驚きですっかり目が覚めたらしい藤沢がカメラバッグを下ろすのを見ながら、わたしは、先ほどの光景を思い返していた。

店は古民家をそのまま使っていた。天井は高く、古色《こしょく》のついた梁《はり》が見えている。壁も床も、磨き上げたような飴色だ。客は土間で靴を脱ぎ、畳に敷いた座布団に座るらしい。

「面白いですね」

藤沢が言う。

「そうね。でも、ちょっと寒い」

「天井が高いですから、仕方がないです」

車がなかっただけでなく、店内には他の客もいなかった。場所が良くないと運転手が言っていた、そのせいだろう。

コートを着たまま店の人を待つが、誰も出てこない。

「ごめんください」

と声をかけること三度、ようやく奥から人が出てくる。

「ああ、すみません。お待たせしました。いらっしゃいませ、どうぞお上がりください」

割烹着《かっぽうぎ》を着た女性だった。見たところまだ四十代、どんなに上でも五十歳にはなっていないだろう。

「では、おじゃまします」

靴を脱ぐとき、藤沢はそう言った。

わたしは正座で、藤沢は胡座《あぐら》で座布団《ざぶとん》につく。ほどなく茶が運ばれてきた。

「冷えますね。お決まりになったら、お声がけください」

テーブルもまた、醬油色の古びたものだ。割箸《わりばし》を入れた竹筒と、七味唐辛子の小瓶が置いてある。メニューを広げる。明朝体で食べ物の名前が並んでいて、写真はない。カボチャほうとうが先頭に載っていて、後は具を変えて何種類かのほうとうがある。

メニューを見ながら、藤沢が訊いてくる。

「それで結局、ほうとうってなんですか」

「小麦粉の料理」

「パンみたいなものですか。カボチャパン？」

「だいぶ違う。見ればわかるわ」

ほうとう以外にも土地のものが多い。馬刺しに甲州ワイン、夏限定の季節商品で桃のシャーベット。定番の定食メニューも、いろいろとある。

「豚の生姜《しょうが》焼きとかチキンカツの定食もあるんですね」

定食メニューの白飯は、追加料金を払えば煮貝の炊き込みご飯にも変えられるという。煮貝も甲州名物だったはずだが、確か鮑《あわび》で作っていた記憶がある。鮑の炊き込みご飯を、たった数百円の追加料金で出しているのだろうか。じっとメニューを見る。

「太刀洗さん」

不意にそう呼びかけられた。

「メシのときぐらい仕事は忘れて、難しい顔するのやめましょうよ」

わたしは、メニューにある「葡萄《ぶどう》豚《ぶた》テキ」とはなんだろうと考えていただけだったのだが……。葡萄豚テキにも白飯がつくが、定食メニューにはなっていない。

店の奥から、白いエプロンを着けた男性が出てきた。さっき自転車でぶつかりかけた青年だ。手に布巾《ふきん》を持ち、黙々と空きテーブルを拭き始める。

「決まりました」

藤沢が言う。わたしは頷き、青年に向かって片手を挙げた。

「すみません」

布巾を置いて青年が来る。片膝をつき、エプロンのポケットからメモ帳とボールペンを取り出す。

「どうぞ」

「僕はこの、特製ほうとうを」

「はい」

わたしはメニューの文字を指さした。

「この葡萄豚テキのご飯は、煮貝の炊き込みご飯に変えられませんよね」

「はい」

青年はボールペンを動かしながら、
と答えた。まあ、構わない。

「わかりました。葡萄豚テキでお願いします」

「はい」

一通りペンを走らせ、青年が立ち上がる。彼が店の奥に消えると、藤沢が「無口な店員ですね」と言った。

「注文の確認もしなくてよかったんですかね」

「たった二人分だからね」

「それはそうですが」

藤沢は少し口の端を持ち上げた。

「太刀洗さん、あんなにほうとうにこだわっていたのに、よかったんですか」

「いいの」

「分けてあげませんよ」

「当たり前でしょう」

藤沢は笑って湯呑みに口をつけて「あちっ」と声を漏らし、それからもう一言訊いてきた。

「で、お酒はよかったんですか」

「お酒？」

「飲むつもりだったんでしょう。ほら、タクシーで訊いてたじゃないですか。酒が飲める店はないかって」

わたしも湯呑みに手を伸ばす。茶は焙《ほう》じ茶で、熱かった。

「そんなことは言わなかったと思うけど」

「……まあ、いいですけどね」

バッグを開けて、中からメモを出す。醬油色のテーブルが湿っていないことを確認し、広げる。

「なんですか、いきなり」

言いながら、藤沢は湯呑みを置いた。

「早坂真理捜しの手がかりについて、まだ詳しく話してなかったから。気になっていたんでしょう？」

「ああ。説明してくれる気があったんですか」

「そう言ったと思ったけど」

「でも、太刀洗さんは説明抜きにどんどん仕事を飛躍させる人ですから、今回もそれかと思いましたよ」

なんと言おうか迷った。

「そんなこと言われてるの」

「いやまあ、悪い噂じゃないから、いいじゃないですか」

「必要最小限の情報共有は怠《おこた》ってないはずなのに」

「最小限って自覚はあったんだ。最大限に共有しましょうよ」

腕時計を見る。冬の日は短い。山地が近いこの辺りではなおさらだろう。雑談をしている時間はない。メモに手のひらを当て、折り皺《じわ》を伸ばす。

「前提として、勤めていた会社が経営破綻し、早坂真理は詐欺の片棒を担いだかのように扱われて姿を消している。自発的な逃亡と見て間違いない。車で移動して祖母の家に行こうとしたが、自分の身の上を考えると祖母に頼ることもできずに途方に暮れた。その状態で、妹の弓美に電話をかけた。その通話記録が、これ」

「いきなりですね」

そう言いながら、藤沢はプリントアウトを見る。表情から笑みが消える。

「はい、そこまでは把握しています」

「この通話記録からは、現在の早坂真理がどこにいるのかはわからない。でも、手がかりはこれしかない。ここから彼女の昨夜の行動を考えてみる」

「はい」

わたしは、通話記録の二行目を指でなぞった。

「まず昨夜、早坂真理は『車の中』から電話をかけた」

「車の中だと言っていますね。はい、そうだと思います」

「そして、酒に酔った状態だった」

「はい」

「その酒は、どこで飲んだか?」

藤沢はすぐに答えた。

「車の中でしょう。缶ビールでも買って、どこか広い場所に駐めた車の座席で飲む。学生時代は、友達に運転させた車でよくやりました」

わたしは、指を通話記録の下の方に動かしていく。

「それは違うと思う。その先を読めば、車の中というのは考えにくい」

「と言うと」

「彼女は酒の飲みすぎで、『割と恰好いい』男性に介抱されているでしょう。車の中で酔いつぶれている人を見たとして、車内まで介抱しに行く？」

藤沢は首を傾げた。

「外から見てもわかるほどの緊急事態なら、万に一つぐらいあり得るかも……ってところですかね。なるほど、ふつうは行かない」

「車の中は個人の空間になる。車の中で人が酔いつぶれていても、ドアを開けて乗り込んで介抱することは考えにくい。彼女はロックも掛けていただろうし」

店の青年が、お盆を持って近づいてくる。「どうぞ」と言って、わたしの前にポテトサラダを置いていく。どうやら葡萄豚テキについてくるものらしい。竹筒から箸を取って割り、手を合わせる。酒の肴《さかな》にすることを考えているのか、少し塩気が強かった。

「もちろん、飲みすぎて気分が悪くなったから車の外に出て、ふらふらになっているところを通りかかった男性に介抱された、ということも考えられる。でも、もっとありそうなのは……」

「店で飲んでいたんですね。店の中なら、客なり店員なり、他の人がいる」

わたしは頷いた。

小鉢にこんもりと盛られたポテトサラダを、割箸でつつく。

「では、どんな店で飲んだか」

回答を求めているつもりはなかったが、藤沢は推測を口にする。

「飲みつぶれるほど飲めるんですから、やっぱりバーとか居酒屋とかじゃないですかね」

「そうね。そうかもしれないけど、三つ条件がつく」

「三つ?」

「一つは、昨日店を開けていたこと」

藤沢はしかめ面になった。

「当たり前じゃないですか」

構わず続ける。

「一つは、夜九時近くまで営業していたこと」

「……つまり?」

「言ってなかったね。早坂弓美に電話があったのが、夜九時頃だった。酔いつぶれて介抱されて、少し酒が抜けてから車に戻って電話したんでしょう。なら少なくとも八時、できれば九時までは開いている店じゃないと理屈が合わない。藤沢くんも出張が多いだろうからわかると思うけど、この幡多野のような小さな町で、八時や九時まで開いている店っていうのはそんなに多くない」

「まあ、それはわかります」

そう言うと、藤沢は茶を飲む。

「三つ目は?」

「食事ができる店だということ」

通話記録の下の方を指さす。

「早坂真理は『うどんみたいなの』を食べている。九時の時点でまだ体が温かいと言っていることに嘘がないとすれば、昼に食べたわけじゃない。酒を飲んだ店と食事をした店は別だという考えもあるけど、飲食店の少ない町でハシゴをするのは難しい。早坂は同じ店で食事をして、酒も飲んだ」

藤沢は、小さく二度三度と頷いた。

「なるほど。一つ一つは当たり前ですが、三つ揃うと何か見えてくる気がします」

「もともと飲食店は少ないのだから、これだけ条件があれば絞りやすい」

「確かに。……あと気になるのは、『うどんみたいなの』ですね。うどんと言えばいいのに、みたいなのってなんでしょう」

店の青年が重たげに盆を持ち、ゆっくりと畳の上を歩いてくる。

「どうぞ」

やはり言葉少なに言って、籐《とう》を編んだらしき鍋敷きを藤沢の前に置くと、盆に載っていたものを下ろした。

もうもうと蒸気を上げる土鍋だ。カボチャや里芋、えのき茸、椎茸、長葱、ホウレン草、卵、それに鶏肉がたっぷりと入っている。

「それが特製ほうとう」

「これが……」

とろりとした汁に満たされた土鍋を、藤沢が覗《のぞ》き込む。

「煮込みうどんにしか見えませんが」

わたしは、精一杯微笑《ほほえ》もうとする。意識してそうしないと、誰もわたしが笑っているのだとはわかってくれないのだ。

「ほうとうは麺を打つときに塩を加えず、麺の茹で汁にそのまま味をつけるから、汁にとろみがついているのが最大の特徴ね。でも、見ればわかるでしょう。『うどんみたいなの』よ」

小気味よい音を立てて箸を割り、藤沢がほうとうの麺をつまみ上げる。太い麺をじっと見てから、口に運ぶ。

「あ、うまいです」

「それは何より」

しばらく、藤沢は黙々とほうとうを食べていた。ほどなく、わたしが注文した品も来る。やはり無言で青年が置いていった葡萄豚テキは、分厚い一枚肉を鉄板で焼いたものだった。一口大に切り分けられている。

「葡萄豚《ぶどうぶた》テキ」

もう一度、その料理名を口にする。早くもひたいにうっすらと汗をかいた藤沢が、手を止めて上目遣いにわたしを見た。

「太刀洗さん、冗談じゃなかったんですか」

「何が？」

「それ、葡萄トンテキでしょう。ブタテキじゃなくって。豚肉ステーキのこと、トンテキって言いませんか」

「……ああ」

葡萄豚のトンテキで、葡萄豚テキ。なるほど。

「でも、葡萄豚って何？」

「知らないんですか。ワインを作るときに出る葡萄の皮とかを食わせて育てた豚です。うまいそうですよ」

「なんでそれを知っていて、ほうとうを知らないの」

「それこそ知りませんよ」

セットメニューのご飯は、遅れて来た。それは白飯ではなかった。ほんのりお焦げがついた、炊き込みご飯だった。

「あの、ちょっと」

すぐに踵《きびす》を返す店員を呼び止めようとするが、声が届かなかったのか、彼は振り向きもしなかった。葡萄豚テキについてくるのは白飯のはずだったのに、これでいいのだろうか。醬油を炊き込んだ香ばしさを感じながらも戸惑っていると、藤沢が言った。

「もらっちゃいましょう。換えてもらったところで、その炊き込みご飯はたぶん捨てられるだけです」

「それは、そうだと思うけど」

「気になるなら、後で差額を払わせてもらいましょう。あの割烹着のおかみさんなら、無愛想じゃなかったし」

彼の言うことにも一理ある。そうすることにした。

カボチャも麺と一緒に煮込むためだろう、藤沢のほうとうは汁にカボチャが溶け込んでいる。とろみのある汁は跳ねやすいらしく、藤沢の箸の使い方は慎重だった。

「早坂真理の足取りを知るために、この店に来たんですね」

カボチャを箸先で割りながら、藤沢はどこか恨めしげに呟《つぶや》いた。

「そうよ」

「言ってくれればよかったのに」

幡多野に詳しい運転手を手配したのは、道を知っていることを期待したからではない。酒とほうとうを出し、それなりに夜遅くまで店を開けていて、昨日が定休日ではない店に案内してもらうためだった。

「やっぱり太刀洗さんは、ホウレンソウを大事にした方がいいと思います」

土鍋からホウレン草をつまみ、藤沢はそれを上下させた。

「運転手さんの口ぶりだと、条件に合うのはこの店だけらしいですね」

「楽観はできないけど、希望は持てる。早坂真理がこのあたりに来たことは間違いない。でも、幡多野町の中には入らず、甲府市内で食事したかもしれない」

「そっちの方が店は多そうですもんね」

「もっとも、甲府市内なら『ホテルがあるような町じゃない』とは言わないと思う。それに早坂は、たぶん祖父母の住む家を自分の目で見て、いまは会いに行けないと感じたはず。幡多野町まで来た可能性は高い」

「なるほど」

よほど口に合ったのか、藤沢は麺をたぐる手を止めず、合間合間に訊いてくる。

「それでそこから先は？　どうやって辿り着きますか」

通話記録の一部を諳《そら》んじる。

「『さっき、男の人に介抱されちゃった。言葉が上手くて、割と恰好よくてね。ちょっと好み』」

「太刀洗さんが言うと気持ち悪いですね」

「昨夜の彼女と接触していることが明らかなのは、この男性だけ。彼から辿っていくしかない」

藤沢が箸を止める。わたしはトンテキを口に入れる。柔らかく、味の濃い豚だった。

「……その男の人を仮に発見できたとして、何も知らなかったら？」

「その場合は仕方がない。早坂真理の車を誰か見なかったか、町中を総当たりするしかないわね。狭い町だから、そっちでもいけるとは思うけど」

「時間がかかりますね」

ちらりと腕時計に目をやり、藤沢は眉間に皺を寄せる。

「そうね。早く見つけたい」

姉を捜してくれと頼む早坂弓美は、声を震わせていた。

箸を動かす。

「言葉が上手い男性とは、どんな人間か。考えられる可能性は、とりあえず二つ。一つは、その男性は女性との会話に熟達していたのではないか、ということ」

「まあ、ありそうです。お世辞が上手い、おだて上手、そういう意味で『言葉が上手い』と言ったんですね。具体的な職業としては……」

「職業に結びつける必要はないと思うけど、そうね、たとえば水商売の男性とか」

「ははあ」

藤沢は納得顔で頷くけれど、実は、わたしはこれが正しいとは思っていない。続けて言う。

「ただそこで不思議なのは、早坂真理とその男性は、介抱される者とする者という関係でしかなかったはずということ。介抱がきっかけで二人が話し込み、言葉が上手いと評するほど男性が真理を褒めあげるということがあり得たか。少なくとも、弓美に電話をかけた時点では、真理は一人だったはず」

箸を持ったまま、藤沢はううんと唸った。

「あり得なくもないと思いますが。相手が前後不覚の酔っぱらいだろうが誰だろうが、妙齢の女性と見るや上手いことを言う男なんて、ざらにいるでしょう」

「そうかもしれない。でも、別の可能性もある」

煮貝の炊き込みご飯を口に運ぶ。単に貝を煮ただけでは出ない、深い味がした。ただ、やはりこの貝は鮑ではない。たぶんトコブシだろうと見当をつける。その一口を噛みしめながら、わたしはふと、自分がなぜ炊き込みご飯にありつけたのか、わかったような気がした。

「別の可能性？」

怪訝そうに首を傾げて箸を置き、藤沢は少し身を乗り出した。

「なんでしょう」

「その男性が、外国人だった場合」

少し考える時間があって、藤沢は溜め息混じりに言った。

「ああ。なるほど」

つまり、「言葉が上手い」という表現に、「日本語が上手い」というニュアンスが込められている場合だ。

「この場合、男性の外見はわからない。白人、黒人、黄色人種、どれでもあり得る」

「もしそうだとしたら、その男はだいぶ目立ったんじゃないですか。観光客が来そうな町じゃないですからね」

「そうね。この町に大学はないし、高校生以下の留学生なら夜に酒飲みのいる場所にいるのは不自然だから、留学生でもない。となると、個人的関係で来ているか、雇われているか、でなければ何かの事業や研修かな」

皿に残ったソースを絡めてトンテキを食べる。

いったん箸を置き、バッグから百円玉と、いつも持ち歩いているメモ帳を出した。目当てのページを探し出し、藤沢に見せる。

「そしてこれが、幡多野町役場とJA幡多野に問い合わせた回答」

睨《にら》むような目で見られた。

「太刀洗さん。手がかりは通話記録だけって言ってませんでしたか」

「『しなの』の車内では、そうだった。塩尻の乗り換えのときに電話して訊いたの」

「いつの間に……」

「藤沢くんが待合室で寝てる間に。結果から言って、JAの方ではいまのところ、外国人を受け入れていないみたい。幡多野町役場によると、町として把握している被雇用者、研修生はいない。短時間の通話で訊いただけだから、不完全だけど」

焙じ茶を飲むと、ぬるくなっていた。空きテーブルの掃除をしている青年を手招きし、湯呑みを指さす。

「ただ、幡多野町ではなく山梨県として、農業研修のために三人のフィリピン人を受け入れてる。葡萄栽培の研修だって」

「フィリピン人、ですか。彼らはこの町に？」

首を横に振る。

「研修場は勝沼町にあって、ここからは遠い。休日、遊びに出かけるとしても、甲府を通り過ぎて幡多野に来るとは思えない」

店の青年がお茶を注ぎに来てくれる。話すかたわら、藤沢はほうとうをすっかり平らげていた。青年が改めて盆を持ってきて、空いた食器を載せていこうとするので、そのお盆に百円を置く。

藤沢が天井を仰ぐ。

「待ってくださいよ。なるほど、早坂真理はこの店に来たかもしれない。でも、そのときに彼女を介抱した外国人の男は、結局、どこの誰だかわかってないじゃないですか。太刀洗さん、あんまり取材は進んでない気がしますよ。その男、どこにいるんでしょう」

わたしは湯呑みを手に取る。

「そうね、たぶん」

注がれたばかりの熱い焙じ茶を一口飲んで、湯呑みを下ろす。

「ここにいる」

食器を下げようとする青年を仰ぎ見る。

青年は目をしばたたかせ、後ずさった。

4

立ち上がり、名刺を出す。

「お仕事中すみません。わたくし、東洋新聞の太刀洗と申します。少し、お話を伺えませんか」

青年は最初から、ほとんど喋《しゃべ》っていなかった。「はい」と「どうぞ」ぐらいの言葉しか話さないので、イントネーションに違和感がなかったのだ。

彼は言った。

「僕、話したくないです」

目が泳いでいる。恐怖を覚えているのだろうか。その理由は想像がついたが、間違っていたら大変な失礼に当たる。一瞬ためらったが、金山で待つ早坂弓美のことを思い浮かべ、思い切って言う。

「警察や入国管理局には何も言いません。わたしたちは、ある女性を捜しているだけなのです」

青年の表情は変わらない。念のため、アプローチを変えて伝える。

「We will never inform the police or the immigration office about you」

それで、ようやく青年が息をついた。

「いえ、日本語でわかります」

それからテーブルの上の料理を見て、少し表情をやわらげる。

「どうぞ、食べてください。僕はここにいますから」

「わかりました」

「この店の豚肉、おいしいですよ。熱いうちです」

空いた食器を載せた盆を持ち、青年は店の奥へと下がっていく。

座り直して顔を上げると、藤沢と目が合った。

間が経つと固くなってしまうだろう。

「太刀洗さん、あの」

「待って」

店の青年の言う通り、熱いうちに食べたかった。肉はもうだいぶ冷めているが、これ以上時間が経つと固くなってしまうだろう。

食事を終える頃、別の客が二組入ってきた。それで店は忙しくなり、青年も手が離せなくなったようだった。二時になってランチタイムが終わり、割烹着のおかみが暖簾《のれん》を下ろしてようやく、落ち着いて話せるようになった。

おかみはもちろん、青年が外国人であることを知っていた。外に準備中の札を下げた後、わたしたちの取材にテーブルを使わせてくれたが、ひどく不安げにこちらを気にして、しばしば視線を送ってくる。

「立ち会いますか」

と声をかけると、「夜の準備があるので」と店の奥に行ってしまった。その様子を見て、青年が言った。

「オカミサン、僕が不法入国だと知っているのに働かせてくれました。とても親切……。でも、僕のことが入国管理局に知られたら、オカミサンにも迷惑がかかります」

青年はわたしに向き直った。

「警察にも管理局にも言わないというのは本当ですか？」

「はい」

「本当に？」

「はい」

藤沢も力強く頷く。

青年は、全てを信じたというようには見えなかった。それでも名乗ってくれた。

「僕はフェルナンドといいます。Fernand Basilio《フェルナンド・バシリオ》。フィリピンから来ました」

こうして改めて見ても、風貌は日本人といって違和感がない。年齢は二十歳前後、もしかすると十代かもしれないと当たりをつける。

「ありがとうございます。改めて、わたしは太刀洗万智といいます」

「藤沢吉成です」

フェルナンドは、わたしたちの顔を順々に見た。

「Journalist?」

流暢《りゅうちょう》な発音に、つい「イエス」と答えてしまう。フェルナンドは二度頷いた。

「わかりました。ただ、教えてください。僕、顔は日本人と同じとよく言われます。言葉も気をつけました。でも、あなたは気づいた。どうしてですか」

藤沢も言った。

「僕も不思議です。最初からわかっていたんですか」

「まさか」

説明は得意ではない。けれどフェルナンドにとって、自分の素性《すじょう》がなぜわかったのかは気になるところだろう。信用を得るためにも、質問に答えなくてはならない。

「最初はタクシーです」

「タクシー?」

「はい。あなたはこの店の前で、わたしたちが乗ったタクシーにぶつかりかけた。正確に言えば、運転手が開けたドアにぶつかりかけました」

あのとき、甲高いブレーキ音と共に、自転車が停まった。どうしてあの自転車は、ドアが開けば当然ぶつかるような場所に突っ込んできたのだろう、とわたしは不思議に思っていた。

「この店の駐車場は広く、ふつうなら事故は起きそうもない場所です。もしかして、あの自転車に乗っていた人は、ドアが開くとは思わなかったのではないか。タクシーのドアは運転手が機械操作で開けることを知らなかったため、乗客のわたしたちがドアに手を掛けてないのを見て、まだ開かないと判断したのではないか」

少し間を置き、言う。

「つまり、日本のタクシーに不慣れなのではと思ったのです」

フェルナンドは眉を寄せた。

「わかっているつもりなのですが、つい忘れます。危ないですね」

「怪我がなくて、何よりでした」

「それだけですか?」

首を横に振る。

「もう一つは、炊き込みご飯です」

横で、藤沢が声を上げる。

「炊き込みご飯？　何か変だったんですか？」

「味はとてもおいしかったわ。ただ、白米が出てくると思っていたのに、炊き込みご飯が出てきたのは不思議だと思っていた」

「注文を間違えられたんでしょう。あ、それで日本語に不慣れだと気づいたとか」

「最初はそう思ったけど」

記憶を辿る。

「わたしは確か、こう訊いたと思います。……『この葡萄豚テキのご飯は、煮貝の炊き込みご飯に変えられませんよね』」

フェルナンドは不安そうに頷いた。

「そうでした」

「あなたは、『はい』と答えた。あの場合に日本語で『はい』と答えれば、『はい、変えられません』と続くことになります。でも、実際には炊き込みご飯が来た。わたしも単純な間違いかと思いましたが、すぐに別の考え方もできることに気づきました。たとえば英語なら、あの質問に『yes』と答えれば、続きは『you can change』でしょう。この店員さんは日本語に基づいて受け答えしていない、他の言葉を母語にしているのかもしれないと思ったのです」

その場で聞いてすぐにわかる説明ではなかったと思うけれど、フェルナンドは興奮も露《あら》わに身を乗り出した。

「そうなのですか」

「はい」

彼は口許を歪めた。

「日本語は上手くなったつもりでした。少し話すだけならFilipino《フィリピーノ》とはわからないと褒められました。でも、まだ知らないことがありますね」

「最後は、お盆に載せた百円です」

これについては彼も薄々気づいていたらしい。端整な顔が僅かに歪んだ。

「はい。チップを受け取ってしまいました」

「もちろん、日本人はチップを絶対に受け取らない、というわけではありません。ですが、驚きもせずにあれだけ自然に受け取れるのは、チップ文化が身に染みついているからだと考えました」

フェルナンドは肩をすくめた。

「スゴイ」

そう言われると気恥ずかしさが込み上げる。自分の考えを得々と説明することには、どうしても慣れない。それに今回、わたしはゼロから考えたというわけではなかった。

「最初から、この店の関係者に外国人がいるかもしれないという予断がありました。でなければ、きっとわからなかったと思います」

フェルナンドがなぜ幡多野で働いていたのか、詳しい事情を知る必要はない。わたしはバッグから一葉の写真を取り出した。テーブルに載せ、指先でそっとフェルナンドの前に押しやる。

「先ほども言いましたが、わたしたちはこの女性を捜しに来ました。彼女は昨夜、妹に電話をかけています。その会話内容からわたしたちは、昨夜の八時頃、彼女がこの店にいたのではないかと考えています」

フェルナンドは写真を手にすることもなく、一瞥《いちべつ》しただけで頷いた。

「はい。このひとは昨日、確かに見ました」

藤沢がテーブルの下で、フェルナンドには見えないようにガッツポーズを作った。わたしは重ねて訊く。

「お店の方……おかみさんも、この女性と話したでしょうか」

「話したのは僕だけです。オカミサンはこの女性のことを心配して、僕に様子を見るように言いましたが、このひとと話はしていません」

「いま、この女性がどこにいるかご存じないでしょうか」

「知りません」

この返事は予想していた。フェルナンドは早坂真理に、おそらく最後に接触した人間だ。しかしだからといって、彼女の現在の居場所を知っているとは期待できない。本命は次の質問だ。

「では、昨夜の会話の中で、彼女はどこかに行くと言っていましたか」

「いえ……」

わたしは不思議と、彼の沈黙は記憶を辿っているからではないと確信に近いものを感じていた。早坂真理の写真を見つめるフェルナンドの眼差《まなざ》しから、彼は何かを知っている、しかしそれを言うべきか迷っているのだとわかった。

「僕はこのひとのことをよく知らない。教えてください。彼女はなぜ、捜されているのですか」

藤沢がちらりとこちらを見る。意味ありげな目配せは、彼に事情を話す必要があるのか、とでも言いたいのだろう。確かに、早坂真理が重要人物だとわかればフェルナンドはかえって口を閉ざすかもしれない。あるいは情報料を要求してくるおそれもある。それはわかっていた。けれどいまは、手練《て れん て》手管《くだ》を用いた交渉よりも、包み隠さず話す誠実さの方が有効だと直感していた。こういう直感は、あまり外さない。

「彼女の名前は、早坂真理といいます。フューチャーステアという会社の社員で、社長の妹でした。彼女は兄を支えて、懸命に働きました。フューチャーステアという会社の社員で、社長の妹でした。彼女は兄を支えて、懸命に働きました。兄もまた、優れたアイディアで会社を大きくしていきました。しかし、彼女の兄は経営を誤りました。会社は経営破綻し、顧客の多くが騙されたと怒っています。早坂真理はフューチャーステアの顔としてあまりに有名であり、また社長の妹という立場から経営の失敗にも責任があるのではと言われています」

ゆっくりと話す。

「早坂真理は昨日、姿を消しました。社長である兄も同じくいなくなっていることから、兄妹で示し合わせた可能性が高いと言われています。いまのところ警察は特別な態勢を取っていませんが、テレビや新聞、雑誌は、兄妹に話を聞こうと行方を捜しています」

「あなたも」

フェルナンドが訊いてくる。

「同じ理由で捜しているのですか」

答えようと口を開き、一度は出しかけた言葉を呑み込む。

わたしは「違う」と言おうとしたのだ。実際は、何も違いはしない。

確かに昨夜、わたしは早坂弓美に真理の捜索を託された。しかしわたしがいまここにいるのは仕事のためだ。会社の経費で電車とタクシーを乗り継ぎ、新人カメラマンと共に早坂真理の姿を撮影し、そのコメントを得るためにここに来た。

それ以外の理由を主張すれば、嘘になるだろう。

「はい」

フェルナンドは再び写真に目を落とし、それきり何も言わなくなった。

汚れた食器を洗う、かちゃかちゃという音が店の奥から聞こえてくる。次第に、そこに水音が混じっていることが聞き取れるようになる。

藤沢が足を崩す。わたしは何かを言おうとして、言葉を探しきれない。

ようやく、フェルナンドが口を開く。

「つまり、あのひとは傷ついて、逃げてきたのですね」

わたしはかぶりを振った。

「わかりません」

「僕には、そう見えた」

写真に注がれていた視線が、わたしに向けられる。入れ違いに、今度はわたしが早坂真理の写真を見る。はじけるような活力に満ちた、笑顔の写真を。

「あのひとは苦しんでいました。苦しんで、お酒を飲むしかなかったように見えました」

「……」

「お酒を飲んで気持ちが悪くなったあのひとを、僕は手洗い場まで連れていきました。水も運んだ。いろいろ話しかけるうちに、言葉が少し変だと気づいたようです。じっと僕を見て、『インド？』と訊いてきました。『フィリピン』と答えると、真っ青な顔で息も荒いのに『ナマステ』とお辞儀してくれました。それはフィリピンじゃないと言うと、苦しそうに、でもおかしそうに笑っていました。そして、『お仕事大変ですね。どんな仕事もそうだけど』と言いました」

「……」

「あのひととあなたを会わせることは、あのひとをもっと苦しめることになりませんか」

率直な言葉だった。視線と同じように、正面から受け止めることがつらいほど。

どこかから隙間風が吹き込んでくる。

「彼女の苦しみを分かち合いたいと思っている人々がいます。早坂真理のことが好きで、彼女はいまどうしているだろうと心から案じている人たちが。わたしはその人たちに、真理の言葉を伝えたいのです」

「つまり、あのひとの苦しみを伝えたいのですか?」

そうではないはずだ。

「違います」

冬の寒さを首すじに感じながら、言う。

「本人には責任がない事柄も含めて罵《のの》られ続けている早坂真理には、何かを言う機会が与えられるべきです。わたしは、それを仲介したい。彼女が嫌と言うなら、そのまま帰ります」

フェルナンドはわたしの言葉を信じただろうか。彼は俯《うつむ》いて何かを呟いた。どこの国の言葉だったのかもわからない。日本語だったのかもしれないが、聞こえなかった。いずれにせよ、彼は顔を上げ、言った。

「わかりました」

店の奥を指さす。

「この店の裏の方に、川があります。昨日、あのひとはそこに車を駐めて眠りました。いまどこにいるかは知りません。でも、まだそこにいるかもしれないと思います」

5

冬の弱々しい日差しは、名古屋で迎えた朝からずっと曇ることがなかった。雪解け水が濡らしていた駐車場も、店を出るときにはほぼ乾いていた。

腕時計を見る。二時半になろうとしている。

昨日の夜九時に早坂弓美に電話をした真理が、泥酔状態から眠りに就《つ》いたとして、さすがにもう起きているだろう時間だった。食料を買い込んでいればまだ車を同じ場所に駐めているかもしれないが、そうでなければ、既にどこかへ移動した可能性が高い。そう思うけれど、まずは現地に行かなければ始まらない。

「行くよ」

「はい」

藤沢がカメラバッグを持ち上げる。わたしは、胸ポケットにボイスレコーダーが入っていることを確かめる。

近くに川があると教えられれば、なるほど、せせらぎが聞こえているようだった。

店の裏手を見る。

雪がまばらに残る刈田に隔《へだ》てられた先、左右に細く延び両脇に街路樹が植えられた道が、川沿いの堤防道路だろうと見当がつく。

ただ、刈田を迂回できる道は見つからなかった。探していては時間がかかりそうなので、畦《あぜ》道《みち》に踏み込む。アスファルトは乾いていても、土はまだじっとりと湿っている。ヒールのない靴底から、冷たさが這い上ってくるようだ。

土の滑りやすさにばかり注意が行って、歩く間は無言になった。ただ、早坂真理の話を聞きたいとばかり思っていた。

予想通り、畦道の先は堤防道路に出た。間近で見れば、街路樹は桜だとわかる。春はいい場所なのだろうけれど、いまは冷たい風が吹きつける、寒々しい道だった。

「ありましたね」

藤沢が言う。

細い川を挟んだ向かい側、さして広くもない河川敷に、一台の車が駐まっていた。対岸からでもわかるほどワックスが効いた灰色のドイツ車で、冬の田園地帯にあってはひどく浮いて見える。藤沢が一目見て、早坂真理の車だと決めつけたのも無理はなかった。

車の右側面が見えている。サイドウインドウにはスモークフィルムが貼られているようで、中はほとんど窺《うかが》えない。

「太刀洗さん。撮りますか」

返答に詰まった。

仕事の上で必要であれば、本人の許可なく写真を撮ることさえもためらうべきではない。それが原則ではあるけれど、実はこれまで、そうした現場に立ったことはなかった。それに、今回は本人に会ってコメントを取ることが目的だ。写真ならインタビュー中に撮れるだろうから、何もいま撮る必要はない。

一方、こうして彼女のものと思われる車を発見できただけでも、相当幸運に恵まれているということも確かだった。もし早坂真理があの車に乗っているなら、橋まで迂回して近づく間に気づかれて、逃げられてしまうかもしれない。それなら写真だけでも押さえておきたいという気持ちも否定できない。

他社や、東洋新聞東京本社が平塚に注目している中、幡多野に来ているのはわたしたちだけのようだ。ここまで上手く運んだ仕事を、最後の最後で取り逃がすわけにはいかない。その考えが湧き上がり、わたしを縛る。

沈黙をどう捉えたのか、藤沢がカメラを持ち上げる。わたしは、それをただ見ていた。対象から一〇メートルの距離を開けて、藤沢はカメラを構える。彼はシャッターは切らなかった。ただ、じっと対象にカメラを向けていた。わたしが撮ってと一言言えば、すぐにでも撮れるように。

一瞬、わたしは冬晴れの空を見上げた。姉が見つかったことを伝えたら、早坂弓美はきっと喜ぶだろう。

藤沢の、

「中にいますね」

という呟きで、我に返る。藤沢はまだ、一〇メートル先をレンズで覗いている。

「シートを倒しているみたいです」

「顔は写る?」

「いや、これは現像したらわからないですね。どうもまだ寝てるみたいで、動きません。寒いだろうに」

ふと、考慮すべき可能性に気づく。

「藤沢くん。車の中の人が防寒着を掛けてるかどうか、わかる?」

ファインダーを覗いたまま、彼はしばらく沈黙する。

「……いえ、たぶん、何も」

わたしのバッグの中には、取材に使う様々な道具が入っている。小さな双眼鏡を出し、目に当てる。

スモークガラスのせいで中の様子はよく見えない。しかしそれでも、車内に人が横たわっていること、その人がジャケットをはおっているだけらしいことはわかる。――日差しがあるとはいえ、十二月だ。あの服装でいられるだろうか。

「藤沢くん。ズームして」

「顔をですか。真っ黒になるだけですよ」

「撮らなくていい。顔じゃなく、車の窓枠を見て」

「窓枠ですか」

乾いたくちびるを舐める。

「目張りとか、してないよね」

風が川面《かわも》を渡ってくる。この双眼鏡では倍率が低く、どれほど目を凝らしても、細かなところまでは見えない。

カメラを構えたまま、藤沢は身じろぎもしない。

「どう？　目張り、してないよね？」

やがて返ってきた答えは短かった。

「してます」

わたしは走り出す。藤沢がわたしの名を呼びながら同じように駆け出し、ついてくる。

上流の橋まで一気に駆け、冬の空気の冷たさに肺が詰まって足が前に出なくなったとき、わたしはサイレンの音を聞き取った。

広々とした土地のどこかから、サイレンが近づいてくる。救急車のサイレンだ。

河川敷の場違いな車に目を留めたのは、わたしたちが最初ではなかったらしい。誰かが先に見つけ、通報してくれていたのだ。もう二、三分で、救急車が着く。

ああ、それなら大丈夫。

わたしは足を止め、荒い呼吸を整えると、大きく空を仰いで安堵の溜め息をついた。

6

十二月六日、株式会社フューチャーステア営業部広報係長の早坂真理は、アルコールと睡眠導入剤を大量に服用した上、自分の車に排気ガスを引き込んで死亡した。

山梨県警は死亡推定時刻を午前一時、死因を一酸化炭素中毒と発表した。

事件性はないと見られている。

正義漢

1

飛び散った血が地面に落ちるよりも、アナウンスの方が早かったような気さえした。

『先ほど発生しました人身事故により、ただいま電車の運転を見合わせております』

およそ世の中に、これほど人に迷惑をかける死に方があるだろうか。高いところから飛び降りて他人を巻き添えにする場合もあるだろうし、海に飛び込んで周辺の住人を捜索に参加させる場合もあるだろう。しかし電車を止めて死ぬのは、迷惑する人数の桁が違う。そんな最期を遂げざるを得なかったのは、育ちが悪かったせいに違いない。

電車はホームの中ほどに差しかかったあたりで人を潰して、そのまま十数メートルも走っていった。車輛にはべっとりと血の跡がついただろうから、その洗浄にも金がかかる。ただ、考えようによっては、その費用は有意義な支出だとも言える。自分の行為を自分で管理できないような人間が早々に社会から退場してくれたのだから。

夕方のラッシュを迎えた吉祥寺駅のホームには、低い喧騒が満ちている。目の前で人が死んだこの四番ホームでも悲鳴一つ上がるわけでもなく、迂回ルートを求めてホームを出ようとする人々がのろのろと下り階段へと向かっている。この街で、人身事故は珍しくもない。誰もがこんなことには慣れている。慣れていながら、皆は一様に眉根を寄せて苛立《いらだ》っている。たぶん、いま線路の上で潰れているような人間は、まっとうな人間を苛立たせ続けてきたのだろう。それも今日が最後というわけだ。

『……運転再開の見通しは立っておりません。お客様には大変ご迷惑をおかけいたします……』

どうして人間は苛立たせる側と苛立たされる側に分かれるのだろう。教育の問題は大きいが、それだけではなく、やはり、蛙の子は蛙ということもあるだろうと思う。まともでない親がまともでない子を育てる。そうやって育った子が、またまともでない子を育てる。そうして増えたまともでない人間が社会基盤を食いつぶし、きちんとした教育を受けたきちんとした人間がその負債を背負うのは、どう考えても間違っている。悪貨は良貨を駆逐《くちく》する。この連鎖の阻止は、他人任せではいけない。一人一人が当事者なのだという意識を持ち、できることを深く認識して、世の中を足元から改善していくべきだろう。少なくとも自分は、その自覚と、それを実行に移す行動力を持っている。

最初に駆けつけた駅員は、応援を呼ぶためか、どこかに行ってしまった。ホームでは物見高い数人が、電車とホームの間の狭い空間を覗《のぞ》き込んでいる。死体は電車の下に入り込んでしまっているが、それでも腕か何かが落ちていないか探しているのだろう。下卑た行動だけれど、怖いもの見たさという好奇心自体は、害悪とは言えない。彼らは単に、人身事故に慣れていないだけなのだ。そのうち、自分が乗っている先頭車輛が思慮の浅い人間を轢《ひ》き潰しても、死者の冥福を祈るよりもその身勝手さに苛立てるようになる。もう慣れてしまった人間が、予定が狂ったと電話する声が、ところどころから聞こえてくる。

『……ただいま、中央線の運行を見合わせております。しばらくお待ちください……』

ざわめく四番ホームで、ふと、吐き気を催《もよお》すような光景を見つけた。

ほとんどの人間がホームから立ち去ろうとする中、ホームのぎりぎり先端にしゃがみこんだ女が、足元に置いたバッグに手を突っ込んでいた。女の頰は赤く、口許《くちもと》には笑みが浮かんでいる。そこにありありと表れた卑《いや》しさに、寒気を覚えた。ただの野次馬ではないと、すぐにわかった。あの女は、喜んでいる。しめた、やった、いい場面に出くわした。そんな内心が伝わってくるような、嫌らしい顔だ。

女はバッグから、まず小さなメモ帳を取り出した。ペンも出して何かを書いていく。凄まじい速さだった。たちまち、ページが何枚もめくられていく。手元と、電車と、腕時計に目を走らせながら、女はメモを取り続ける。

次に女は、携帯電話を構えた。停止した電車の下部をなんとか写そうと身を乗り出している。シャッターが切られたことを周囲に伝える能天気な電子音が、ざわつきに混じって微《かす》かに何度も聞こえてくる。死体の一部、手首か何かが見えているのだろうか。

緊急停車した車輛のほんの数センチ手前まで、女はにじり寄っていく。その車輛の中には乗客が鈴なりになっている。「人身事故」のためドアが閉まったままで、乗客たちは降りるに降りられないのだ。彼らは、あるいは不安そうに、あるいは不満そうにホームを見ている。ホームに残り、いつになるかわからない運転再開を待つ客たちも、それは同じだ。険しい視線が乱反射しているかのようなホームで、しかしその女は他人の目などまるで気にせず、ただ携帯電話を操り続けている。まるで、自分だけはそうすることが許されているのだ、と言わんばかりに。

見たところ二十代だろうか。学生ではない。なんというか、すれてしまった雰囲気が、学生らしさとは根本的に違っているように思える。着ているものは皺《しわ》だらけのTシャツに、膝が擦り切れた古びたジーンズで、服装に気を遣えない人なのかと思わせる。まともな恰好もできない人間は、たいてい、常識もない。足元に置かれたバッグも黒いナイロン製で、いかにも安物だ。目の下には隈《くま》があり、潰された死体を覗き込む顔は、ますます上気している。あれは恥を知らない人間の顔だ。

次にバッグから出てきたのは、小さなボイスレコーダーだった。女は混乱する駅の中で、それに向かって、まず「事件記録」と声を張り上げる。大きな声はそれだけで、後は何事かをぶつぶつ呟《つぶや》き始める。それでおおよそ、女の正体がわかった。記者だ。目の前で起きた「人身事故」を、ネタにできると思っているのだろう。

スーツやブレザー姿の人波をすり抜けて、その女にそっと近づいていく。吹き込んでいる言葉を知りたかった。出版社の人間なのか新聞社の人間なのか、それともテレビか、あるいは根無し草か。よくあることとはいえ人の命が一つ失われた「人身事故」の現場で、嬉々として記録をとる女はどんな風に喋《しゃべ》るのか、聞いてみたかった。けれどそれよりも、この女の放った言葉が気になった。女は「事故」ではなく、「事件」と言っていた。

女はしゃがみこんだまま、薄汚れたスニーカーをさらに一歩、電車へと近づける。途端、それまで運行情報を伝え続けていたアナウンスに、別の言葉が交じった。

『危険ですので、あまりホームの端にお寄りになりませんよう、お願いいたします』

女の行動を制止したようにしか思えなかった。しかし彼女は、ふっと視線を上げただけで構わず電車ににじり寄り続け、線路に半ば身を乗り出しながら、ボイスレコーダーに声を吹き込んでいく。そんなに、何を喋っているのか。

女の後ろにまわり込む。その声は、離れて見ていたときの印象ほど、小さくはなかった。いや、むしろ、誰かにそれを聞かれるかもしれないなどとは微塵《みじん》も思っていない、傍若無人《ぼうじゃくぶじん》に大きな声だった。

ホームから黒髪が垂れ下がっている。もう一度、アナウンスが入る。

『危険ですので、電車から離れてください！』

今度は明らかに、女に向けて発せられた注意だった。さすがに女は顔を上げたが、眉をひそめて左右を見まわすと、あらゆる人間で埋め尽くされたホームのどこかにいるだろう駅員に向かってか、携帯電話を高々と掲げてみせた。あたかも、撮影していることが全ての免罪符になるとでもいうように。

女は、こちらに聞こえるぐらいに大きく、舌打ちした。制止のアナウンスに苛立っていることは明らかで、それはずいぶんと滑稽《こっけい》なことだった。この女は、明らかに「苛立つ側」ではなく「苛立たせる側」の人間だ。身勝手な振る舞いで、これまでにも無数の人間を苛立たせてきたことは間違いない。そんな女が、ごく当然の駅員の注意に苛立つなんて、恐ろしくおこがましい。自分のことしか考えられず、自分の行動に責任を取れない人間が、どうしてこうも多いのだろう。こんな人間が、自分には特権があるとでも思い込んでいるのだとしたら、やはり何かが根本的に間違っているのだ。

申し訳程度に後ずさって、女は吹き込みを再開する。その声がようやく、聞き取れるようになった。

「午後六時四十二分、事件発生。被害者は即死。場所は四番ホーム、六号車停車位置付近。四十五分、警察は到着せず。現場は、特に混乱なし。夕方のラッシュ時だけに、影響は甚大」

しゃがれたような声だった。

まだ、被害者が即死だったかどうかわからない。もちろん結果的には死ぬだろうけれど、警察から公式の発表があったわけでもないのに、いい加減なものだ。もちろん、事故ではなく事件だと言ったのも、なんの根拠もない適当な発言なのだろう。

見苦しい光景だった。

アナウンスが流れる。

『……お客様には大変ご迷惑をおかけしております。ただいま、当駅で発生しました人身事故のため、中央線の運行を見合わせております……』

はっと気づいたように、女が携帯電話を見た。着信音は流れなかったから、マナーモードにしていたのだろう。最低限のマナーを守っていたことだけは評価してやってもいい。「人身事故」に遭《あ》った男は、電車に乗る前から、いや、乗った後も、携帯電話に向かって汚い言葉を叫び続けていた。

女は携帯電話を素早く開くと耳に当てる。昂奮した表情は、いまにも、電話先に得意げな報告を始めるかのように見えた。「人身事故」が、そんなに嬉《うれ》しいのか。

その直後だった。

女が口を閉じた。その顔から喜びが消え、代わりに、冷たい鋭さが現れた。周囲の温度が下がったような気さえした。彼女はしゃがんだまま身じろぎもせず、電話を耳に当てている。

やがて女はゆっくりと振り返り、ほんの少しだけ左右に視線をめぐらすと、ぴたりとこちらに視線を合わせてきた。

女が立ち上がる。その口許には微笑が浮かんでいる。笑顔を作り慣れない人間が役目上仕方なく身につけたような、不自然な表情だった。

彼女は言った。

「どうも。わたし、記者です。ぜひとも、感想を聞かせてください」

少しずつこちらに近づいてくる。数百、数千のざわめきに満ちた駅で、女の声は低く小さかったけれど、なぜだかはっきりと聞こえてきた。

「人を線路に突き落とした感想はいかがですか？」

その途端、後ろから、肩に手を置かれた。

2

一時間近くの事情聴取が終わって駅事務所を出ると、中央線の運行は再開されていた。けれど駅に溜まった人の数はあまりに多く、息苦しくて仕方がない。私たちはいったん、駅を出ることにした。

人が見れば、ずいぶん不釣り合いな二人だと思っただろう。私は糊《のり》が利いたシャツにピンストライプのジャケットをはおり、地味というより無難に過ぎる、濃紺のネクタイを締めている。もう一人は薄汚れたTシャツに傷んだジーンズという姿だ。肩から提《さ》げたナイロンバッグも、実用一点張りの無骨なもの。顔には日焼け止めぐらいしか塗っていないだろう。私たちはタクシー乗り場に目をやるが、長蛇の列ができているのを見ると、顔を見合わせて互いにかぶりを振った。

手近な喫茶店を探して入る。私はコーヒーを、彼女はローストビーフサンドのセットを注文し、温かいおしぼりが運ばれてくると、彼女はそれを筒のように捧げ持って溜め息をついた。

「早く帰りたい……」

「弱音なんて珍しいな、センドー」

センドーは彼女、太刀洗万智《たちあらいまち》の、高校時代の渾名《あだな》だ。入学早々机に肘《ひじ》をつき、船を漕いでいたので、船頭と呼んだことがきっかけだった。あれから十数年、いまでは、冗談でしかこんななつかしい渾名は使わない。

太刀洗は、白いテーブルに肘をついた。

「今回は少しハードだった。帰りの電車で一時間ほど、うとうとできたけど」

「その前は、どれぐらい寝た？」

「過去七十二時間で、二時間ほど」

私もまた、溜め息をつく。

「また、そういう無茶をする。道理で疲れた顔をしてると思ったよ。お前もおれも、いつまでも若くないんだ。体を壊したら元も子もない」

「……そうね。ありがとう。でも、体を壊してでもこれだけは、ってこともあるの」

私と彼女、二人の道が重なったこともあったけれど、いまは別々に生きている。お互いを疎《うと》んじてはいないけれど、いまは、用もないのに会うような関係でもない。今日彼女が私のマンションを訪れたのも、あくまで仕事だ。いま私が手がけている仕事が太刀洗の役に立つというので、資料の受け渡しのため空き時間に会ったに過ぎない。その後、こんな事件に立ち会うことになるとは、まさか思ってもみなかったけれど。

コーヒー、サラダ、サンドウィッチがテーブルに並ぶ。彼女はフォークを手に持つが、いかにも食欲がなさそうだ。のろのろした手つきでレタスを突き刺している。

私もコーヒーに口をつけ、ふと訊いた。

「さっきの男、あんまり抵抗しなかったな」

「……そうね」

「何かよほど脅かしたのか？」

太刀洗は首を傾《かし》げた。

「さあ。別に、そんなつもりはなかったけど」

吉祥寺駅での「人身事故」の後、太刀洗に話しかけられた青年は、一瞬よろめくと、身を翻《ひるがえ》そうとした。しかし彼が人ごみに紛れてしまう前に、駆けつけた駅員と鉄道警備隊がその肩に手をかけ、事務所へと連行していった。

誰かが叫びにならない叫びを上げて線路に落ち、中央線のオレンジの車輛が彼を轢き潰した直後、太刀洗は私に言った。

――いまのは自殺じゃない。事故か、人殺しよ。ちょっと手伝って。

彼女の頼み事は、三つあった。一つは駅員を呼んでくること。一つは、自分に注目して近づいてくる人物がいないか観察し、もしいたら、デジタルカメラでその顔を撮ること。そしてもう一つ、他の二つが完了したら、自分に電話をかけて知らせること。

そして太刀洗はホームにしゃがみこみ、バッグの中身を取り出した。携帯電話を手にして撮影の真似事を始めたときには、彼女のやり方に慣れているはずの私も、さすがに戸惑った。本当に、彼女に近づく人間が現れるのか？

それが、現れた。軽蔑も露《あら》わに口許を歪めて太刀洗を睨《にら》み続け、彼女がボイスレコーダーを構えると、徐々に近寄っていった男が。その顔はしっかりと、カメラに収めてある。痩《や》せぎすで顔色が悪い、三十代前半と思われる男だった。

「いくつか訊きたいんだが……」

太刀洗は嫌そうにトマトを口に運び、ろくに噛みもせずにそれを飲み下した。

「ん。何？」

「なんで、あれで犯人が誘い出されたんだ」

「……ああ。ごめん。手伝ってもらったのに、説明を忘れていた。やっぱり眠いのね、わたし」

緩慢な動きながら食事の手を止めず、彼女は言った。

「自殺はホームの後端でやるものよ。その駅に停まる電車でも速度が落ちきっていないから確実に目的を達せられるし、たいていは人も少ないから邪魔が入らない。あんなホームの真ん中では、まずやらない。じゃあ事故か殺人だけれど、後者だとしたら、計画的な殺人じゃない。人ごみの中では誰も互いを見ていないけれど、それでも数百人の前で実行するぐらいなら、もう少し場所を選ぶでしょう。衝動的で短絡的な、通り魔の可能性が高い。前に似たケースの記事を書いたことがあるわ」

私は頷《うなず》いた。

「ああ。読んだよ」

「本当に？　わざわざ？」

「まあね」

彼女は眉を寄せ、それからふっと表情をやわらげた。

「……ありがとう。ところであなたは、被害者のこと、どう思った？」

突然切り替えられた話題に、私は混乱する。彼女は昔からこうだ——自分の思考の飛躍に皆がついて来られると思っている。とはいえ、言えることは一つだった。

「誰が被害者かも知らない」

「気づかなかった？　亡くなったのは、井の頭線で途中から一緒だった人よ。その人だったから、わたしは事故よりも、殺人の可能性が大きいと思った」

「途中から？」

ただ単に途中で乗り込んできただけの男だったら、いくら太刀洗の記憶力が優れていても、いちいち憶《おぼ》えていないだろう。つまりその男はとても印象的だったに違いない。そう考えると、思いあたる人物は一人しかいなかった。

「……明大前だったかで乗ってきた、あの騒がしい男か」

彼女は頷いた。

そうだとすると、少し奇妙だった。

「なんでそれがわかったんだ。亡くなった人は電車の下だ。死体の顔なんて見えなかった」

太刀洗はふと目を逸《そ》らす。

「ちょっと遠かったけど、あの男の人が中央線ホームでも携帯電話に喋り続ける声が聞こえていたの。まだやってると思ったら『うわっ』っていうような声が聞こえて、電車が人を轢いたっていうから、すぐにわかったわ」

「おれには聞こえなかった。隣にいたのに」

「喧騒の中だと声も音も紛れてしまうから、無理もないわね。わたしはたまたま、その声に注意していたから」

それが偶然だったのかどうか、私には判断がつかなかった。日々を過ごす中で異状に対する注意力を磨いているからこそ、太刀洗はその声を聞き取れたのではないかと思う。私は椅子の背に深くもたれかかり、井の頭線で乗り合わせた男のことを思い返してみた。

都内を走る路線としては、井の頭線の混雑はましな方だ。それでも夕方に差しかかり、電車はほぼ満員だった。明大前駅で乗ってきた男は五十代から六十代、背はやや低く中肉で、最初は別におかしな様子はなかったが、ほどなくかかってきた電話にいきなり罵声《ばせい》を浴びせはじめた。それに飽きたらなかったのか、やがて電車のドアも蹴り始め、車内は険悪な雰囲気になっていった。声のあまりの激しさに幼児が泣き始め、母親らしき女性が人の合間を縫って隣の車輛に移っていった。

誰もその男を止めなかった。私もそうだった。堅気かどうかもわからない男と関わり合いになるのが嫌だったからでもあるし、明大前から吉祥寺だったら十数分で着いてしまうからでもあった。ただ、間違いなく言えるのは、

「ずいぶん迷惑な男だったな」

「そうね。わたしもそう思う。……そして、数百人の名も知れぬ乗客の中で、特に彼が通り魔に狙われる理由、彼が目についた点というのは、それに尽きる」

「迷惑だったことか？」

「そう。あれほど傍若無人な振る舞いをしていれば、他の乗客から憎まれても無理はない。わたしだって苛立った」

「だから、殺したのか。そんな乱暴な」

太刀洗はコーヒーに口をつけ、想像だけど、と前置きして続ける。

「殺すつもりで付け狙ったのではなく、井の頭線の中で迷惑な振る舞いをした男が、中央線ホームでたまたま犯人の目の前に立ったんでしょう。それで押したのなら、犯人は確信犯よ。自分の行いは正当だと思っている。十中八九とは言わないけれど、五分五分で、その場に残って行為の結果を見届けていると思った」

聞けば、頷けない話ではなかった。被害者が乗ってから電車が終点に着くまで、その罵詈雑《ばりぞう》言《ごん》とドアを蹴り続ける音に対して私が抱いた感情は、ごく薄いものであったとはいえ、殺意に似ていたから。

しかし、

「おれが訊きたいのは、どうしてお前が取材のふりをしたら犯人が寄ってきたのかってことだ」

その質問に彼女はほんの微かに笑って、さらりと答えた。

「電車の中でまわりに迷惑をかけた人をホームから突き落としてしまうような正義漢にとって、

まわりの迷惑を考えないで取材する記者は、より、許しがたい存在でしょう。顔を見に来る可能性はあると思った」

では太刀洗は、自分を次の獲物として身を晒《さら》し、犯人をおびき寄せたのか。

彼女は事も無げに付け加える。

「それに、わたしは最初に『事件』だって声を上げたから、彼は犯行を目撃されたんじゃないかと心配にもなったでしょうし」

「……それでも、もし犯人が来なかったら?」

太刀洗はコーヒーカップを置き、涼しい顔で言った。

「単に、わたしが恥ずかしい思いをして終わるだけよ。ただの空振り。この仕事には付き物ね」

デジタルカメラを太刀洗に返す。事務所に連行されていった男の横顔を撮ったカメラだ。彼女は受け取り、データを確認した。

「ありがとう」

太刀洗は犯人の注目を集める行動をして、彼を足止めした。その間に私が駅員に事情を話し、犯人を確保する態勢を整えた。太刀洗が私に写真を撮らせたのは、犯人が逃げ切った場合に備えてのことだろう。

それにしても、と私は思う。犯人にもう少し観察力があれば、太刀洗の罠に気づけたかもしれない。彼女の「取材」は本職だけあって、板についていた。ただ、バッグにボイスレコーダーを入れているような人間が、カメラではなく携帯電話で現場を撮影するのは、不自然ではある。そこから「ふだん使っているカメラは別の人間に託している」ということに気づけば、太刀洗を見る犯人を見ている、私に気づけたかもしれない。

腕時計を見る。電車の運休とその後の事情聴取は充分遅刻の言い訳になるけれど、そろそろ私も行かなければならない。会食の予定が入っている。

「よく撮れてるじゃない」

デジタルカメラの画面に、私が撮った写真が表示されている。そこには、蔑《さげす》みの表情を浮かべる男が、太刀洗に向けて一歩踏み出す様が写っている。彼女は写真を見つめ、ぽつりと、呟いた。

「ねえ」

「ん？」

「わたしが、犯人をおびき出すために取材を始めたって、信じてる？」

彼女は確かに、難しい性格をしている。しかし十年以上という付き合いは、長い。どれほど複雑な人間でも、その心の奥底を、おぼろげにでも察しうるようになるぐらいには。私は頷いた。

「そう信じている」

しかし、彼女の口許に浮かんだのは、諦念《ていねん》の笑みだった。

「でも、見て」

彼女が指さしているのは、取材のふりをしている自分の横顔だ。デジタルカメラの小さな画面でもわかるほど喜色を露わにして、ボイスレコーダーを握っている。

「嫌らしい顔だと思わない？」

「……そういう顔を作ったんだろ」

返事はなかった。

その無言は、しかし何より雄弁だった。彼女はおそらく、こう思っている。

――そのつもりだったけど、本当に心から、そうだったのか。目の前で事件に遭遇したことを喜ぶ気持ちは、全くなかったと言えるのか？

そこまでわかっていながら、私にはかける言葉がない。彼女の仕事と、その業《ごう》について、私はずっと無力だった。おそらくこれからもそうなのだろう。

太刀洗はカメラを操作し、私が撮った写真を消去する。

「消すのか」

「ええ。……撮ってくれたあなたには悪いけれど、自分が被疑者の確保に関わった以上、この写真は記事にできない」

「だからって、何も消さなくてもいいだろう」

後日、何かの証拠になるかもしれないのに。しかし太刀洗はかぶりを振った。

「これが残っていたら、どこかで発表できないかと迷ってしまう。いつまでもその誘惑に耐えられる自信がない。仕事がある時期ばかりじゃないの」

太刀洗は腕時計を見る。

「もう行かなきゃ。会えて嬉しかった」

駅前には既に、「人身事故」の混乱は残っていなかった。

恋累心中

1

桑岡高伸《くわおかたかのぶ》と上條茉莉《かみじょうまり》の心中は、大きな衝撃をもって受け止められた。

第一報はテレビで見た。一仕事終えて戻った夜、風呂あがりにつけたテレビから流れてきたのだ。捜索願が出されていた三重県の高校生男女二人が、共に遺体で発見された。現場には二人で心中するという意味の遺書があり、県警は自殺と他殺の両面から調べている、と。未成年ということもあってか、桑岡と上條という彼らの本名は報じられなかった。

週刊深層の編集部に配属され三年目、嫌な話にもいい加減慣れてきて、芸能人や会社員の自殺にいちいち哀《かな》しむ感受性などすり減ってしまったと思っていても、まだ若い男女が二人で自らの命を絶ったと聞けばなんとも言えず暗澹《あんたん》とした気分になる。手元の仕事がいちおう片づいているだけに、この事件は私の担当になるかもしれないと思うと、暗い気持ちに拍車がかかった。

世の中には頭のいい人間がいるもので、その誰かは、二人が死んだ地名に着目した。三重県中勢町《なかせ》、恋累《こいがさね》という。二人の死は「恋累心中」と名づけられ、たまたま大きな事件がない時期だったこともあってか、翌朝のテレビニュースはこの自殺報道でもちきりだった。

中学校の卒業アルバムから持ってきたらしい顔写真が、何度も映された。昭和の雰囲気を色濃く残したセーラー服を纏《まと》い、集合写真で仲間たちに囲まれた上條茉莉のはにかんだ表情は一見して好ましく、レンズの奥を覗《のぞ》き込むような真剣な目で撮られている桑岡高伸のにきび面《づら》も、朴訥《ぼくとつ》として嫌いになれない。何より、顔つきがまだ、いかにも子供だった。

二人が現場に遺《のこ》したという遺書も繰り返し画面を飾り、変に若作りした声で読み上げられた。

この世がこれほどひどい場所だとは思わなかった。
僕と茉莉は死ぬことにした。
理由はすぐにわかると思う。
父と母には、ありがとうと言いたい。
そしてごめんなさい。
高伸
これで終わりにできるのかと思うと、とても安心しています。
高伸と手をつないであの世に行けるのなら、うれしいぐらい。
茉莉

彼らの死には、確かに、人々の心を動かす何かがあった。拙《つたな》いながらも真情のこもった遺書の文中に、純真そうな二人の顔写真に、明らかになっていない動機の謎に、そして「心中」というレトロな言葉そのものに。恋累心中は、しばらくは世間の話題を攫《さら》うだろう。印象深い自殺は時に連鎖反応を呼ぶ。これを皮切りに心中が続発するようなことにならなければいいが、そう思いながらノートパソコンを見ると、メールが届いていた。発信時刻は午前三時、発信者は大貫《おおぬき》編集長だった。

昨日の予感が当たった。メールには、三重の自殺は私に任せると書かれていた。

2

出張用のボストンバッグは、いつでも持ち出せるように荷造りしてある。本来なら日曜日は休みだが、こういう突発事件があれば、休日は当然吹き飛んでしまう。代休が取れなかったことはないので、さほど不満は覚えない。

午前八時、私は杉並の自宅を出て、三重県中勢町へと向かった。昨日まで知名度は皆無《かいむ》に近かった中勢町は、これからしばらくの間、全国の注目を浴びることになる。

東京駅の売店で全国紙を一通り買って、新幹線の車内で目を通し、リングノートに情報をまとめていく。

遺体が見つかったのは土曜の午後六時、夕まずめの時間帯に川釣りに来ていた男性が、橋《きょう》脚《きゃく》に人が引っかかっているのを見つけて通報した。三十分後、消防署と消防団が連携《れんけい》して引き上げたが、既に死亡していた。これが桑岡高伸で、身元は持ち物から判明した。

桑岡の引き上げ作業中、消防団員が上條茉莉の遺体を発見している。川を見下ろす崖の上で、喉《のど》を突いて死んでいたという。恋累とは、この崖を含む一帯の地名らしい。仰向《あおむ》けに倒れた遺体の傍《かたわ》らに大学ノートが落ちていて、そこに桑岡と上條の連名による遺書が残されていた。二つの死が一つの心中だとわかったのは、この遺書のためだった。上條の喉を刺したと見られる折れたナイフが現場に残されており、同級生が桑岡の所持品だと確認した。今朝の段階で検屍《けんし》結果はまだ出ておらず、心中の原因も不明だという。

二人は共に十六歳で、同じ高校に通っていた。家が近所らしく小学校から学校は同じで、高校では揃って天文部に入っていた、とある。取材してみないとわからないが、幼なじみのような関係だったのではと思われる。

新幹線が浜松駅を通過したあたりで、携帯電話に着信があった。画面を見れば編集長からだったので、デッキに出て電話を受ける。ノイズ混じりに、聞き慣れた胴間声《どうまごえ》が聞こえてきた。

『お疲れ。向かってるか』

「新幹線の中です」

『そうか。よろしく頼む』

編集長の大貫は、今日はきっちり休んでいるはずだ。子供がまだ小さく、たとえ土曜日に明け方まで残業してでも、日曜日の家庭サービスは欠かさない。そんな編集長がわざわざ電話をかけてきたのだから、用件は現状確認だけとは思えなかった。

「何か動きがありましたか」

『いや、そうじゃない。コーディネーターを手配したから、その連絡だ』

「コーディネーター？」

私は眉を寄せた。出張取材をするとき、現地の事情に通じた取材コーディネーターを手配することはよくある。彼らは事前に取材許可を取りつけたり、効率的な移動ルートを組んだり、海外取材の場合には通訳を兼ねたりする。しかしそれは腰を据えた特集記事を組む場合の話で、今回のような突発事件でコーディネーターがついたことはない。また、必要だとも思わない。

「どうしてまた」

『たまたま、月刊の方で仕事してるライターが近くにいるらしくてな。それならちょうどいいから、手伝ってもらうことにした』

一人でもできる仕事に応援を出されたとなると、力量を疑われているようで面白くない気もする。しかし、見知らぬ土地に乗り込む際に道案内だけでもしてもらえるなら、素直にありがたいことではある。

「わかりました。そいつの名前は？」

『知ってるかな。太刀洗《たちあらい》だ。太刀洗万智《まち》』

「……ああ」

私の相槌《あいづち》をどう受け止めたのか、編集長の声が機嫌《きげん》のいいものになった。

『知ってるなら話は早い。すぐに連絡するように伝えておく』

「はあ」

『癖はあるが、切れるやつだ。主導権はお前が握って、上手くやってくれ』

電話の向こうから、「パパ早くぅ」という声が漏れてくる。編集長は、その声が私に聞こえたとは思わなかっただろう。

『じゃあな、よろしく』

と、いつもの太い声で通話を終わらせた。

携帯電話をポケットに入れ、ひとつ溜め息をつく。ただでさえ気の重い取材に、余計な荷物まで背負い込んだ気分だった。記者にも得手不得手がある。私は、フリーの人間と一緒に仕事をすることが、あまり好きではない。むかし、口だけは上手いフリーライターに裏付けのない記事を書かれ、ひどい目に遭《あ》ったことがあるのだ。

太刀洗万智の記事を読んだことはないけれど、月刊に移った先輩が「やりにくくって仕方ない相手だ」と言っていたことは憶《おぼ》えている。どういう意味かは聞かなかったけれど……。

座席に戻ろうと自動ドアの前に立ったところでマナーモードの振動に気づき、再び携帯電話をつまみ出す。見知らぬアドレスからメールが来ていた。

——都留《つる》正毅《まさたけ》様　太刀洗と申します。今日は宜しくお願いいたします。亡くなった二人が通っていた高校の教師にアポイントが取れそうです。GOサインいただければ手配しますがいかがでしょう。こちらの電話番号は以下の通りです——

私は少しだけ、このフリーランスに会うことが楽しみになった。「死亡した二人」や「死んだ二人」ではなく、「亡くなった二人」と書いてきたことが嬉《うれ》しいような気がしたのだ。座席に体を沈め、返信のメールを打った。

名古屋駅で新幹線を降り近鉄特急で津まで行き、そこから普通列車に乗り換えて十五分ほどで中勢町に着く。

駅員のいない小さな駅舎を出ると、どこか淋《さび》しい景色が広がっていた。ブリキ看板のタバコ屋と、暖簾《のれん》の出ていない定食屋がまず目についた。バスロータリーを囲むように建つ建物は屋根が低く、どこか色褪《あ》せてもいるようだ。その中で、一軒だけ浮き上がるように真新しい建物は、日本のどこでも見られるようになったコンビニだった。

ふだんは編集部に一報を入れるが、今日は日曜日なので、建前上は部内に誰もいないことになっている。編集長にメールを送って所在連絡に代え、太刀洗に電話をかける。待ち構えていたように一回のコール音で繫《つな》がった。

『はい。太刀洗です』

少し低いが、歯切れのいい声だった。

「もしもし。都留と申します」

『よろしくお願いいたします』

「こちらこそ」

『いま、中勢駅ですね。五分で行きます』

「では、買い物があるので、コンビニに行っています」

よろしくと言い交わし、電話を切る。

コンビニで便箋《びんせん》を買わなければならない。いつも鞄に入れておくものだが、手持ちがほとんどなく、朝は急いでいたので補充できなかった。手狭な文具コーナーに事務用の便箋を見つけ、会計を済ませて店を出ると、五分経ったとは思えないのに後ろから声をかけられた。

「都留正毅さんでいらっしゃいますか」

さっき電話で聞いた声だった。

振り返ると、切れ長の目が私を見ていた。背は高く髪は長く、アイボリーのスカートスーツに身を包んだ女性には、肩から提《さ》げたマチの広いバッグを除いて、フリーランスの記者らしいところは見当たらない。頬《ほお》から顎《あご》にかけてのラインがほっそりしているのが、表情に冷ややかな印象を与えている。私は答えた。

「そうです。太刀洗さんですか」

「はい。先ほどはメールで失礼しました。太刀洗といいます」

名刺を交換する。大貫編集長は「ライター」と言っていたが、本人の名刺の肩書きは「記者」だった。案内をしてくれるというから、あるいはこのあたりに住んでいるのかと思っていたが、住所は東京になっていた。

「大貫が無理を申し上げたようですね」

「いえ。お役に立てるかわかりませんが」

「案内をお願いできると聞いています」

太刀洗は頷《うなず》いて、一枚の名刺を取り出す。伊志新聞の記者のものだった。

「地元の記者と話ができました。便宜《べんぎ》を図ってくれるよう、お願いしてあります」

「ああ、それは助かります」

私たち週刊誌は記者クラブに入っていないため、警察の記者会見に立ち会うことができない。クラブに加入している社の記者に協力してもらわないことには公式発表を手に入れることさえままならず、警察発表をテレビで知ることも珍しくない。

都市部であれば記者クラブに加盟している新聞記者から発表資料を分けてもらえるが、このあたりには知り合いが全くおらず、どうしようとは思っていた。コネを作ってもらえるなら手間が省ける。頭を下げて名刺をもらう。

太刀洗は腕時計に目をやった。隙のない着こなしには少し似合わない、文字盤の小さな可愛らしい時計だった。

「メールでもご相談しましたが、話を聞けそうな教師にアポを取りました。上條の元クラス担任と、二人が在籍していた天文部の顧問です」

「本当に、現職教師にアポが取れたんですか」

「ええ」

涼しい顔をしているが、これはそう簡単なことではない。

学校関係で事件があれば、教師に話を聞きたいのは当然だ。しかし彼らは公務員の中でも相当にガードが固い部類に入り、取材にはまず応じてくれない。教頭が窓口になり、教師たちは全員「教頭が話します」としか言わなくなるのが、いつものパターンだ。それは子供を守るためであり、また、彼ら教師自身が学校外の世界に不慣れなためでもあるだろう。何度も足を運び、顔を憶えてもらって雑談を重ね、ようやく一言二言話が聞けるかどうかという相手なのだ。

しかし太刀洗は、遺体発見の翌日に、二件も約束を取りつけたという。……なるほど。先輩が「やりにくい」と評したのもわかる。文句をいう筋合いのことではないのだが、いきなり主導権を握られてしまった。

「約束は二時ですから、まだ間があります。どこか行きたい場所はありますか？」

気を取り直す。時間があるなら、最初に行く場所は決まっていた。

「遺体の発見現場にお願いします」

取材の鉄則は、「まずは現場」だ。太刀洗は頷き、

「タクシーを手配してあります」

と言った。

3

数分後、貸切の表示灯を点けたタクシーが来た。私が行き先を告げる。

「恋累まで」

初老の運転手は訳知り顔に頷き、ゆっくりと車を出す。初めて訪れる街の景色を車窓から眺める暇もなく、太刀洗が茶封筒を出してきた。

「都留さんはどこまでご存じですか」

「今朝八時の報道分ぐらいまでですね。二人の家族構成はわかっていますか」

「いちおうは」

太刀洗の話によると、桑岡高伸は両親と弟との四人暮らし、上條茉莉は両親との三人暮らしということだった。同居していない兄弟の有無、両親の職業など、詳しいことはまだわかっていないらしい。

「写真も何枚か手に入れています」

と、まずは二枚の写真を渡してくる。

「それが、二人の高校入学後です」

今朝のテレビに出ていた写真と違い、こちらはプライベートで撮られたものだろう。桑岡高伸は無地のTシャツにジーンズという恰好で、手から西瓜《すいか》をぶら下げて屈託なく笑っている。夏の一コマという感じの写真だ。上條茉莉の方は友達の誕生会で撮ったものらしく、ケーキを囲んで思い思いのポーズを取る女子たちの中ではにかみ、控えめに胸元でピースサインを作っていた。

「それぞれの友人から借りました。住所も控えてありますから、接触できます」

心中という最期を遂げた二人だが、この写真ではふつうの高校生にしか見えない。だからこそ、それぞれの笑顔が痛々しかった。

これをそのまま誌面に載せることはできない。故人の写真を載せるには、遺族の許可を取ることになっている。

「掲載許可はもらえましたか」

「まだです。遺族には接触できていません」

半日で二枚のスナップ写真を入手し、二人の教師にアポを取りつけた手際の良さから考えて、太刀洗が遺族の住所を探り当てられなかったとは思えない。たぶん、遺族が記者に会いたがらないのだろう。無理もないことだ。自分の子供が自殺して、まだ葬儀もしていないのに、写真の使用許可を云々できる心境になれるはずもない。いずれ、機を見て申し出ることにしよう。

「動機については、何か話が出ましたか」

「……いえ」

「たとえば、いじめとか?」

太刀洗は首を横に振った。

「学校は、いじめの事実はなかったとコメントしています。写真を貸してくれた同級生たちも、生徒間で何かトラブルがあったとは思えないと言っていました。そういう学校じゃないと……。もちろん後ろ暗いことをする生徒が一人もいないとは思えませんが、現段階で、いじめを苦にしての自殺だと考える理由もありません」

学校側だけでなく、スナップ写真を持つような間柄の友人たちからも同じ話が出ているのなら、信用してもよさそうだ。何より、遺書にいじめをほのめかすような記述が一切ない。桑岡と上條は二人で死んだのだから、動機は二人の関係性にあると考える方が自然だという気もする。

ふと見ると、太刀洗が持つ茶封筒からは、写真がもう一枚はみ出していた。

「それは?」

視線と言葉で、水を向けてみる。

三分の一ほど見えているそれは、何かノートのようなものを写しているようだった。この件に関係したノート状のものといえば、遺書に違いない。今朝のテレビで遺書は何度も読み上げられたけれど、実物の映像は出てこなかった。

しかし太刀洗はにべもなかった。

「ああ、これは後で」

理由はすぐに察しがついた。運転手を気にしているのだろう。つまり、その写真は未公開のものらしい。太刀洗は茶封筒をバッグに戻し、話題を変えてきた。

「ところで、さっきお買いになっていたのは、便箋ですか」

「ええ。必需品ですが、切らしかけてまして」

突然の事態に直面すると、当事者は余裕を失ってしまう。そこに取材を申し込んでも悪い印象を持たれるだけだ。

そんなときは手紙を送る。手紙なら向こうの気持ちが落ち着いたときに読んでもらえるし、こちらも練った言葉で説得ができる。もちろん、ナーバスになっている神経を逆撫《さかな》でしてしまうこともあるけれど、一通の手紙がせめてもの慰《なぐさ》めになって、そこから口を開いてくれることもある。

「いいものはありましたか」

「まあ、コンビニで買えるレベルのものです」

「男の方も使えそうな便箋の、予備があります。よかったら使ってください」

太刀洗がバッグから取り出した便箋は、和紙を模した紙でできていた。強《し》いてどちらかと訊かれれば女性的な感じもするけれど、確かに男性が使っても違和感がないし、何より品がいい。罫の間隔が広いことも気に入った。それが狭いと文字が小さくなり、びっしりと詰まってしまうので、初対面の取材対象に送るには不適当なのだ。

「ありがとうございます。いいですね、これ」

「使えそうなら、よかったです」

この便箋を予備を含めて携行する太刀洗に、私は興味を持った。見たところどんなに上に見積もっても三十代前半、たぶんまだ二十代だろう。ということは、私と同年代ということでもある。

タクシーが目的地に着く前に少しだけ、彼女のことを聞こうと思った。

「太刀洗さんは東京でお仕事をなさっているんですよね。こちらには取材で来ていたんですか」

「ええ」

素《そ》っ気《け》ない返事だった。少し間があって、さすがに愛想がなさすぎると思ったのか、一言付け加えられる。

「もう一週間になります」

「そんなに！　かなり大きなネタなんでしょうね」

「……どうでしょうか」

太刀洗は首を傾《かし》げた。

「昨年、三重県の教育委員会や県会議員に何度か爆弾が送りつけられたのはご存じですよね」

「ええ、まあ」

もちろん憶えている。

議員に爆弾が送られたとなれば、週刊誌向きの話ではある。しかし、爆弾はさておき議員に対する嫌がらせは意外に数が多く、たいていの場合はあまり背景もない。少し騒ぎになって、なんとなく忘れられていった事件だったはずだ。

「もう、一年ぐらい前でしたかね」

「八月の事件ですから、まだ一年には間があります」

「確か、怪我人は出なかったと記憶しています。ですが詳しいことは忘れてしまって」

太刀洗は頷いた。

「当時は爆弾と報じられましたが、実際は薬品を使った、ただの発火装置でした。ボール箱を開けたらいきなり燃え上がったそうですから、当事者の恐怖は相当なものだったでしょうが、大事には至っていません。犯人からのメッセージも同封されていましたが、議会で居眠りする議員に天誅《てんちゅう》をだとか、いじめを放置する教育委員会に鉄槌《てっつい》をだとか、そういうものばかりで具体的な要求はありませんでした」

「ははあ。愉快犯だ」

「捜査は長らく停滞していましたが、着火剤に使われた薬品の出所を改めて洗い直したところ、進展があったようです」

「それを調べているんですか?」

「そうです。フリーですから、いろいろ書きます」

あっさりと言うが、漠然とした取材で一週間の出張はできない。それはフリーランスでも同じこと……いや、フリーだからこそ、無駄な出張はしていられないだろう。馬鹿にならない滞在費を注ぎ込むからには、彼女は何か摑《つか》んでいるはずだ。

心配になってくる。それだけ時間と金をかけた取材で来ているのに、私の取材コーディネートをしていて大丈夫なのだろうか。大貫編集長が変な頼み事をしたせいで、いま私は、大詰めに来ている彼女の仕事を邪魔しているのではないか。

そんなことを思っていると、だしぬけに太刀洗が言った。

「今日逮捕ということはありませんから、大丈夫です」

「……それなら、いいんですが。大貫が無理を申し上げていませんか」

「いえ」

少し間があって、呟《つぶや》くような声が付け加えられる。

「わたしも、もしかして、と思うことがあるんです」

その言葉の意味を問う前に、運転手がもうすぐ恋累だよと告げ、それきり太刀洗は車窓の外に顔を向けたまま何も言おうとはしなかった。


せいぜい十分程度しか乗っていなかったと思ったが、ずいぶんと山奥まで来てしまったようで、タクシーを降りると周囲に幹の太い木々が鬱蒼《うっそう》と生《お》い茂っていた。急流の音が耳に届き、滝の近くで感じるような水の匂いも立ちこめている。タクシーが走ってきた道は最近作られたのか、まだアスファルトが新しい。携帯電話には圏外の表示が出ていた。

大きなカーブに沿ったガードレールの外側に崖が七、八メートルほど張り出していて、そこに枝振りのいい松が二本並んで立っていた。地面には雑草がまばらに生えているが、土が剝《む》き出しになっている部分も多い。ここが、上條の発見現場だろう。デジタルカメラを出して、十枚ほど撮る。

路上には私たちのタクシーの他に、タクシーが二台、中継車が一台、そしてパトカーが一台、列を成して駐《と》まっている。これから撮影を始めるらしく、中継車のまわりは慌ただしかった。

「こちらへ」

と、太刀洗は私を下流側に連れていく。ガードレールから下を覗くと、十メートル以上はあるだろう落差の先に、頼りないほど細い川が流れていた。視線を下流に向けていくと、ずいぶん先に緑色の橋があった。

「桑岡高伸の遺体が引っかかっていたのは、あの橋ですか」

「そうです」

上條茉莉の遺体が発見された崖からは、二百メートルほど下流になる。

橋の上に十数人の人だかりができているのも見えた。野次馬だろうか、それとも同業者だろうか。カメラのズーム機能を生かして橋を撮るが、これは後でもう少し近づいてから撮り直した方がいいかもしれない。

上條茉莉の遺体発見現場に戻る。

二本の松を横目に、太刀洗が言った。

「あの松、夫婦松《めおと》というそうです」

「……亡くなった二人は、ロマンティストだったんですかね」

「そうだったかもしれません。ただ、夫婦松という名前が高校生にまで知れ渡っていたかどうかは、少し疑問です。この道を作るときに、町役場の農林課がつけた愛称だそうですので」

なんとなくだけれど、二人はその愛称を知らなかった気がした。恋累の夫婦松の下で心中となると、少し舞台が整いすぎている。二人の高校生は劇中で死んだわけではない。

太刀洗は淡々と説明を続ける。

「後で資料をお渡ししますが、現場からは遺書が書かれたノートの他に、小型の天体望遠鏡と赤ワインのボトル、それとプラスティックのコップが二つ見つかっています。コップには微量のワインが残っていました」

最後に星を見て、乾杯したのだろうか。ワイングラスではなくコップに、赤ワインを注いで。

「遺体発見前夜の天候は、曇りでした」

「……やりきれませんね」

「はい」

崖の上で、テレビの撮影が始まった。私は声を小さくする。

「遺体の発見は、土曜の午後六時頃でしたね」

「そうです」

「ということは、自殺そのものは、金曜から土曜の夜にかけてということでしょうか」

天体望遠鏡を持ってきていたというのなら、自殺の決行は夜だったのではないか。

太刀洗は慎重に答えた。

「まだわかっていません。検屍結果が発表されていませんから」

確かに焦って推測をする必要はなかった。死亡推定時刻はすぐに公表されるだろう。

しばらく黙々と、現場を撮影し状況をメモする作業を続ける。川の水音が耳につく。

この崖の上で女子生徒は喉を突いて死に、男子生徒は川の下流で見つかった。その状況を頭の中で再現し、念のために訊く。

「上條茉莉は、自分で自分の喉を突いたんですよね」

太刀洗は初めて、僅《わず》かに言い淀んだ。

「……それも、わかっていません」

冷たい感覚が背を撫《な》でていく。

「桑岡が刺した可能性もあるんですか」

「可能性としては、ですが」

思わず大きくなりかける声を、間近で続くテレビ撮影を憚《はばか》って押し殺す。

「では、桑岡高伸が上條茉莉を殺害し、自分自身は崖から飛び込み入水《じゅすい》自殺を図った、ということもあり得る」

「もちろんあり得るでしょう。ですが都留さん、まだ死因も発表されていません。いまの段階では何も言えないでしょう」

それはそうだが、警察発表があるまで全ては不明だと考えることも極端だ。これほど自制を求めるのは太刀洗が何かを知っているからだろうか？

私は改めて、上條が見つかった崖の上と、桑岡が見つかった川の下流を交互に見る。情報を得た時点でも少し引っかかったが、こうして現地に立つと、違和感と疑問がふくらんでいくのを感じる。

桑岡高伸と上條茉莉は、ノートに二人で死ぬと書き残し、そして実際に二人とも世を去った。しかしではなぜ、遺体発見現場が離れているのか。共に死のうと思ったのに、崖の上と川の中という別々の場所で死ぬことになったのはなぜなのか。自殺の手段が別々なのはなぜなのか？

あるいは、この疑問の立て方そのものが間違っているのかもしれない……。

考え込む私の横で、太刀洗はゆっくりと腕時計を見た。

「約束は二時ですから、そろそろ移動した方がいいかもしれません」

「……わかりました」

崖から離れ、タクシーに向かって歩き出す。

他の取材陣から充分に間隔をおいたところで、太刀洗はふと立ち止まり、肩から掛けたバッグを開けた。茶封筒から一枚の写真を抜き出す。ここに来る途中、タクシーの中で垣間見たものに違いなかった。

「一枚しかないのでここではお渡しできませんが、こういう写真もあります」

思った通り、ノートを写したものだった。

「流《る》布《ふ》している遺書が書かれたノートの、最後の方にあった文字です」

筆跡からは、桑岡が書いたものとも上條が書いたものともわからない。ぐちゃぐちゃに書き殴ったとさえ言えるほど乱れた文字で、そこにはたった一言だけ書かれていた。

たすけて

4

市街地へと戻る道すがら、タクシーの運転手に、二人が通っていた県立中勢高校の評判を訊いた。長く待たせてても嫌な顔ひとつしなかったが、この質問には難しい顔をした。

「どうと言われてもねえ。まあ、ふつうだね、ふつう。あんまり馬鹿じゃ入れないけど、本当に勉強ができる子は、たいてい津まで行くからね。やんちゃな子もそりゃいるけど、特別評判が悪いってこともないよ」

「新しい学校なんですか」

「いや、古い古い。この間、百周年だったんじゃなかったかな。まあ、なんにせよ……」

運転手は、最後だけしんみりと言った。

「こんなことは初めてだよ。二度目は嫌だね」

それきり車内からは会話が消えた。太刀洗は何か考え事をしているのか車窓の外ばかりを見ていて、運転手も自分からは口を開こうとしない。私もまた、考えることがあった。

遺書が書かれたノートにあったという「たすけて」の言葉には、どういう意味があるのだろう。

桑岡高伸と上條茉莉の二人は、自殺したと見られている。それがなぜ、助けを求める言葉を書いたのだろう。二人の死が他殺だというなら、事件はより陰惨なものにはなるが、話はわかる。誰かに襲われたから「たすけて」と書いたというなら、すじは通るのだ。しかし、他のページに書かれた言葉は間違いなく、自殺に先立つ遺書だ。読み方によっては遺書と読めなくもないという曖昧《あいまい》なものではなく、「僕と茉莉は死ぬことにした」「あの世に行けるのなら」と、二人ともはっきり死を意識した文章を書いている。自殺しようと決めた二人に、全くの第三者が襲いかかったのだろうか。

まさか。それはいくらなんでも考えにくい。それほど重大な疑いがあるのなら、報道各社にはもう少しブレーキがかかるはずで、テレビでも新聞でも自殺が既定路線として伝えられているのは、警察が第三者による他殺を全く疑っていないことを意味している。

あるいはごく簡単なことかもしれないと気づき、

「太刀洗さん。あの文字は自殺とは無関係で、一昨日《おととい》より前に書かれていたのかもしれませんね」

と言ってみたが、返事は明快だった。

「ノートは新品でした。学生ならノートは何冊でも持っていたでしょうに、二人は遺書を書くため、わざわざ新しいものを用意したのです。そこに遺書以外の言葉を先に書いたというのは頷けません」

あのノートが新しいものだったというなら、太刀洗が言う通り、遺書より先に「たすけて」と書くことはなさそうだ。では、どう考えればいいのだろう。いずれにしても、二人の高校生のうち少なくとも一人は、助けてほしいと思いながら死んでいったことになる……。

いや、頭を切り替えなくてはならない。太刀洗が言った通り、死因も死亡推定時刻も発表されていないうちから、あれこれと考えても仕方がない。いまは、インタビューに意識を向けなくては。

そうは思うけれど、死力を振り絞ってようやく書いたような「たすけて」の文字は私の脳裏に焼きついて、一向に離れていこうとはしなかった。


教師と会う場所として太刀洗は、街に一軒だけあるビジネスホテルの会議室を借りきっていた。

ふだんは十数人規模のセミナーでも開かれていそうな広い部屋で、机も椅子もない。部屋の隅に畳んであったパイプ椅子を三つ向かい合わせに並べたけれど、がらんとしてどうにも居心地が悪かった。それでも、教師が人目を憚るだろうことを考えれば、いい場所を探してきたものだと感心する。

遺体発見現場からビジネスホテルまでは意外に近く、私たちが会議室に入った時点で、約束の時刻まではまだ二十分ほどあった。その間に太刀洗は、取材相手の詳しい情報を教えてくれた。二時に来る教師は下滝誠人《しもたきまさと》という名で五十三歳、教科は現代国語を教えていて、去年上條茉莉のクラス担任をしていたそうだ。

「今年は？」

「今年も一年生の担任を持っています」

本当は現在の担任教師に取材できれば最高だった。が、そこまでは望みすぎだろう。

下滝誠人は十五分遅れてきた。

彼の服装は堅い一方だった。スーツ姿に太めのネクタイをかっちり締め、シャツは真っ白で皺《しわ》一つない。体は堅肥りして、顔つきはどこか純真そうだが、それでいて目つきはギロギロとして威圧的だ。会議室に入ってくるときに小さく会釈《えしやく》したが、遅れたことについては謝りも説明もしなかった。用意したパイプ椅子に無言で座ったが、こちらが名刺入れを取り出すと、はっと気づいたように立ち上がった。

太刀洗が間に立つ。

「お休みの日に、ありがとうございます。こちらが先ほどお話しした、週刊深層編集部の都留さんです」

「都留正毅と申します。今日はよろしくお願いいたします」

下滝は、

「ああ、どうも」

と言って名刺を受け取ったが、その目は不安そうに泳いでいた。記者に自分の名刺を渡していいものか迷っているようでもあるし、単に名刺を交換した経験が乏しくて戸惑っているだけのようでもある。あまり不安がらせてもこれからのインタビューに差し支えるので、「どうぞ」と言って手振りで椅子を勧める。下滝はほっとしたように、再びパイプ椅子に腰を下ろした。

太刀洗は名乗らず、名刺も渡さない。アポを取るときに挨拶は済ませていたのだろう。私が座るのを待って、彼女も椅子についた。

まず、頭を下げる。

「ご足労いただきまして、ありがとうございます。太刀洗から、去年上條さんのクラスを担任されたと聞いています。お悔やみ申し上げます」

しゃちほこばった下滝の表情に、ふっと暗い影が差した。

「いい子でした。上條くんだけでなく、教科担任として桑岡くんも教えていました。今回のことは、とにかく、残念でなりません」

冷静だが、どこか沈痛な響きのある声だ。

私は胸ポケットからボイスレコーダーを出し、下滝に見せた。

「録音させていただいて、よろしいでしょうか」

「……ああ」

やはり取材を受けることに警戒感があるらしく、返事は遅い。十秒ほど考えて、彼はようやく「どうぞ」と言った。

ボイスレコーダーのスイッチを入れ、手帳を開く。

「太刀洗からお願いがあったかと思いますが、わたくしどもは、亡くなった二人について、あれこれ穿鑿《せんさく》めいたことを書くつもりはありません。ただ、なにぶん世間的な反響も大きくなっていますので、彼らの名誉が傷つけられないよう、事実を知らせたいと思っています」

下滝は、じろりと私を睨《にら》みつけてきた。

「殊勝なことをおっしゃいますね。事実そのものが上條くんたちの名誉を傷つけるとしても、ですか?」

「たとえ事実であっても、名誉を毀損《きそん》するようなことは記事にはしません。未成年ということもありますし、扱いには充分、慎重を期します」

「もちろん、そうであってくれることを願いますよ」

と、下滝は溜め息をついた。

「そうおっしゃるということは、彼らには何か、不名誉な事実があったんですか」

「……書かないことなら、聞かなくてもいいでしょう」

「それはそうです。が、事実関係の把握だけはしておかないと、結果的に嘘を書いてしまうことになりかねませんから」

苦い顔をして、下滝はかぶりを振る。その素振《そぶ》りは、少し演技めいていた。

「それはわかりますが、私が言ったのは、あくまでもものの喩《たと》えですよ。本当に何かあったとか、そういうことじゃない。わかりますよね」

なんとなく引っかかる言い方だ。教師が生徒にものを教えるような、諭《さと》すような言い方に反発を覚えるというのもあるが、それ以上に、どこか言い訳めいているのが気になる。もしかして本当に、桑岡と上條には不名誉な何かがあったのだろうか。

しかしその疑問は胸に留め、ここは引き下がることにした。あまり追及して下滝の機嫌を損ねては元も子もない。

「わかりました。失礼しました」

と頭を下げ、言葉を継ぐ。

「……先生には、学校での彼らの様子をお訊きしたいと思っています。上條さんは、どんな生徒でしたか」

「あの子はねえ」

下滝は腕組みをし、鼻から大きく息を吐いた。その目は相変わらず、こちらを睨むようにじっと見ている。

「上條くんはね、おとなしい子でしたよ。いつも、にこにことしてね。クラスの役割なんかも、嫌な顔ひとつせずに引き受けてくれました。あんないい子が……。ひどいことですよ」

「クラスでの役割、というのは、たとえば」

「学級委員でした」

いい子だったのかもしれない。しかし、もしかしたら、嫌な役割を押しつけられる、流されやすい子だったのかもしれない。少しだけ、掘り下げてみる。

「学校では、変わった様子はなかったですか」

「どういうことですか」

「つまりですね。先生の前では言いにくいんですが、いまのところ、原因が見つかっていないんです。上條さんの学校生活に、問題はなかったのかなと」

相変わらずむっつりとしているが、下滝に特にたじろいだ様子はない。傲然《ごうぜん》と睨む目つきのままで、

「それはたとえば、いじめがなかったか、ということですか」

「そうですね、たとえば」

するとヽ下滝は顔をしかめた。

「いや。そういうことはありませんでした。うちには一切のいじめ行為がなかった、とは言いきれないかもしれません。ただ、上條くんは友達も多く、孤立するような子ではありませんでした」

「先生の名前は、誌面には出しません」

「これは、私が中勢高校の教師だから言っているんじゃありません。事実として、私はいじめがあったという話を聞いてもいないのです」

私は頷いた。いじめを苦にしての自殺という線は、実はもう全く疑っていない。訊いたのは、いちおうの確認に過ぎない。

手帳のページをめくる。

「わかりました。では、桑岡さんについては」

下滝は眉を寄せた。

「そうですね。クラス担任ではないので、あまりはっきりしたことは言えませんが。ただ、素直に指導を聞くタイプではなかったようです。私も、ちょっと厭世的《えんせいてき》な子だな、という印象は

持っています」

ペンを持つ手が止まる。顔を上げ、下滝の視線を正面から受け止める。

「……厭世的、ですか。それはたとえば、死にたいと口にするような？」

「そうは言っていません」

あきれた、というように、下滝は肩をそびやかす。

「印象の話だ、と言ったはずです」

その後もいくつか質問をしてみたが、特別に取り上げるべき話は出てこなかった。

上條の学校生活や人柄については、いくらか鮮明になってきた。桑岡についてはもう少し聞きたいけれど、下滝はよく知らないらしい。

「ありがとうございます。参考になりました」

礼を言って取材を終えようとしたところで、それまで黙って控えていた太刀洗が、すっと言葉を挟んできた。

「下滝先生。わたしからも、一つお尋ねしてよろしいでしょうか」

「ん？　ああ、どうぞ」

この場では太刀洗は何も言わないものだと思い込んでいたのか、下滝は少し不意をつかれたようだ。彼女はごく控えめな、さりげない言い方で訊いた。

「下滝先生は、中勢高校には長く在籍しておられるんですか？」

「ええ。もう三十年になります」

驚いた。公立の教師は異動が多い仕事だ。同じ学校に三十年というのは聞いたことがない。太刀洗もさすがに首を傾げ、

「それは長いですね。異動の話はなかったのですか」

と訊く。下滝は眉をひそめ、

「先祖の田畑がありますので、事情を汲んでもらっています」

と答えた。

「それだけ長いと、校内はずいぶん詳しいでしょうね」

「まあ、中勢高校に関しては生き字引だと自負しています」

太刀洗はそれだけ聞くと小さく頭を下げ、

「そうですか。ありがとうございます」

と言ったきり、また元のように口を閉じてしまった。

横目で見ると、彼女は何を考えているのかわからない無表情で、こちらを向きもしない。下滝の在任期間の長さは意外だったが、それが今回の一件と関わっているとは思えない。いまのやり取りはなんだったのかという思いが一致したのか、私と下滝は顔を見合わせた。

とにかく、太刀洗にもう訊きたいことはないらしい。拍子抜けした感じが拭《ぬぐ》えないまま、私は言った。

「……今日はお時間をいただき、ありがとうございました」

下滝には、インタビューが記事になったら掲載号を送ると申し出たが、「いえ。結構です」とすげなく断られた。学校に送られても困るし、自宅は教えたくないのだろう。彼は振り返ることもなく会議室を出ていった。

5

ボイスレコーダーを止め、一息つく。

「次は？」

「同じ中勢高校の教師で、春橋真《はるはしまこと》といいます。物理を担当していて、桑岡や上條のクラスを受け持ったことはありませんが、部活の顧問です。アポは四時から取りました」

腕時計を見ると、二時五十分になるところだった。ちょっと時間が空いてしまったが、これはやむを得ない。二件のインタビューの時間をあまり近づけすぎては、下滝と春橋が鉢合わせしかねないからだ。インタビューの場所を変えるという手もあるが、土地鑑のない街でこの会議室のような場所をもう一ヶ所探すのは難しいだろう。

「少し話しただけの印象ですが、春橋真はずいぶん軽い性格をしているようです。インタビューを依頼したところ、真っ先にいくら出せるのかを訊いてきました。額は言っていませんが、謝礼を出すとは伝えてあります」

「わかりました」

原則として、取材の際に謝礼金を出すことはない。金目当てに話を作ってしまう人が現れるからだ。しかしそれでも、取材協力金の名目でやむを得ず謝礼を渡すこともある。出張用の鞄には謝礼金用の封筒を常備しており、今回は中に二万円入れておいた。

がらんとした部屋を見まわし、訊く。

「この部屋は何時まで借りているんですか」

「五時まで借りっぱなしにしてあります。もしよかったら、お休みになっていてください」

「太刀洗さんは?」

「わたしは行く場所があるので、少し外します」

抜け駆けされると思ったわけではないが、本能的に身を乗り出してしまう。

「何か取材なら……」

「いえ」

太刀洗は涼しい顔で言った。

「昼を食べていないので、何か入れてきます」

そういうわけで、一時間の空き時間は一人で過ごすことになった。

ホテルのロビーで缶コーヒーを飲みながら、昼のニュースを見ることにした。平日ならワイドショーで大きく取り上げられるのだろうけれど、日曜の昼間にはNHKぐらいしかニュースを伝えない。NHKはさすがに「恋累心中」というキャッチフレーズは使わず、キャスターが淡々と警察の発表を伝えていく。その中に新しい情報がないかと見入っていた。

例の、ノートの最後の方に書かれていたという「たすけて」の文字への言及は、なかった。編集が間に合わなかったのかと思ったが、速報性が命のテレビでそれはあり得ない。番組が始まってからでも、キャスターに紙切れ一枚渡せば最新ニュースを伝えられるのがテレビだ。ということは、あの「たすけて」という言葉は、いまのところ太刀洗のスクープという可能性が高い。いくつかの思いが浮かんでくる。テレビに先んじて新情報を得た太刀洗の手腕への感嘆、どうやって手に入れたのだろうという疑い、もし私が週刊誌記者ではなくテレビ関係者か新聞記者だったらスクープをいち早く報じられたのにという歯がゆさ、そして微《かす》かな不快感……。まあ、嫉妬なのだろう。

役立つ情報も一つだけ得られた。上條が発見された現場には、争った跡がなかったという。もし本当に争いがなかったのなら、第三者に襲われたため「たすけて」と書いた、という考えはやはり成り立たない。するとどういうことになるのか、考えを巡らすうちに、一時間はたちまち過ぎていった。

軽い性格らしいと言われたが、春橋真は時間きっかり、四時ちょうどに現れた。

服装はカジュアルなものだった。いちおうジャケットを着てきてはいるが、下はジーンズにスニーカーで、ジャケットの内側はＴシャツだ。つい、スーツにネクタイ姿だった下滝と比べてしまう。

「お休みの日に、ありがとうございます。わたくし、都留と申します」

と名刺を渡すと、春橋はにやにやしながら軽く頭を下げてきた。

「ありがとうございます。すいません、こちらは名刺の持ち合わせがなくって」

「ああ、いえいえ、お気遣いなく」

如才ないやり取りに、こうした場面に立ち会った経験を感じる。教師になる前に何か別の仕事をしていたのかもしれない。通り一遍の挨拶を交わし、三人ともパイプ椅子に座ったところで、春橋の方から話を切り出してきた。

「それで、何を話せばいいんですか」

表情が緩《ゆる》んでいる。その薄笑いが少し胸に引っかかった。ボイスレコーダーをまわすことを断った上で、私は手帳を開いた。

「春橋先生は、亡くなった桑岡高伸さんと上條茉莉さんが共に属していた、天文部の顧問ということでしたね」

「ええ、まあ。生徒の自主性を重んじていましたから、顧問と言っても形だけのようなものでしたがね」

あまりに平気な顔をしているところを見ると、本当に顧問は形だけで、二人との関わりは浅かったのかもしれないと思えてくる。ペンを動かしながら、訊く。

「桑岡高伸さんと上條茉莉さんの、学校での様子をお聞かせ願いたいんです」

「様子、ですか。漠然としてますね」

少し棘《とげ》のある調子でそう言うが、生徒の名前を聞いたからだろうか、春橋の表情は冷めたものへと変わっていった。

「上條は、物事に感じやすい、繊細で優しい子でした。いろんなことが哀しいと言って、よく泣いていました。高校生なのに、中学生のような子でした」

中学生のようという喩えは、よくわからない。それより、しきりと泣いていたことの方が気になった。

「たとえば、何が哀しいと?」

「そうですねえ、たとえば」

春橋の口許《くちもと》に、皮肉めいた笑みが浮かぶ。

「見えている星の光が何万年も前のものなのが哀しい、とか」

その言葉を書き取っていく。

「桑岡の方は、あまり人と付き合ったことがない連中にありがちな、ロマンティストでした。ナイフを持ち歩いたりもしていましたよ」

「ナイフ、ですか」

上條の遺体が見つかった崖の上では、その喉を突くときに使われたと見られるナイフが見つかっている。春橋の言葉を繰り返して確認する。

「桑岡さんはふだんからナイフを持ち歩いていたんですね」

「そう言いましたよ。見つけたら注意はしていましたが」

「それから……」

いる気がする。創作が入っているのではないか。

朴な若者だったのだろうが、星の遠さに涙し、月に立つことを望むとなると、少し度が過ぎて

春橋が語る二人の姿をそのまま受け止めていいものか、私は迷った。確かに桑岡と上條は純

「そうです。月から地球を見下ろしたい、と言って」

「月に？」

思いがけない言葉に、声がうわずってしまう。

「まあ、そういう子でしたよ。あの子はたぶん、本気で月に立つことを望んでいました」

た。写真を太刀洗に返しながら、彼は皮肉っぽく言う。

式のナイフで、柄は黒く、刃は半ばから折れている。それを受け取ると、春橋は一瞥《いちべつ》して頷い

それまで黙っていた太刀洗が、すぐにバッグから写真を出す。地面に落ちている折りたたみ

「さあ……。どんなナイフか、見ていませんから」

春橋は口の端を吊り上げるような笑い方をした。

「ご覧になったのは、遺体発見現場で発見されたものと同じでしたか？」

それでも没収はできただろうと思うが、春橋にはその気がなかったのだろう。質問を続ける。

「生徒指導は他に担当の先生がいましてね」

春橋は肩をすくめた。

「取り上げなかったんですか」

ふと、春橋の声が低いものになった。

「そうだ。苦しまずに死ぬにはどうしたらいいか、なんて訊いてくることもありました」

思わず身を乗り出す。

「それはいつ頃の話ですか」

「さあ……三学期でしたが。二月だったかな」

時期から考えれば、それは単に変わり者の男子の雑談ではなく、本当に自死の可能性を視野に入れて訊いた質問ではなかったか。春橋はそれに気づいているのか、さすがに少し気まずそうな顔をしている。

「それで、なんとお答えになったんですか」

「老衰だろうねと言いました。あの子には気に入らない答えだったらしく、二度とそんなことは言いませんでしたが――」

春橋は、言いかけた言葉を途中で切った。続けるとしたら、桑岡は二度とそんなことは言わなかったが、まさか本気で考えているとは思わなかった、といったあたりだったろう。

手帳のページをめくる。

「他には何かありますか」

「そうですね……」

首を傾げ考える素振りをすると、春橋はいきなり言いきった。

「彼らの、現実への対処能力の低さは歯がゆいばかりでした」

「……というと」

「二人は交際していました。それははっきりしています。しかし何か、最近は悩み事があったようです。もちろん、悩むのはいいんですが、ふつう考えられないぐらい、それに夢中になっていましたね。たとえば授業をサボったり、小テストを白紙で提出したりしていたようです。いくら悩みが深かったか知りませんが、テストで零点を取ったって、何かがどうにかなるわけじゃないでしょう」

　そう言って、彼は笑った。

　悩みの深さはわからない、と春橋は言うが、それはまさに、死ぬほど深かったのだ。そこをこそ調べねばならない。

「二人の悩みというのがなんだったか、ご存じですか」

　そう訊くと、春橋はなぜか、みるみる不機嫌になっていった。

「さあ。知りませんね」

「では、誰が知っていると思われますか」

「桑岡は、一年生のときのクラス担任にいろいろ相談していたみたいですがね」

　その口ぶりから、春橋が機嫌を損ねた理由がわかる気がした。自分を差し置いて、桑岡が別の人間に相談したことが気に入らないのだろう。あるいは春橋は、桑岡や上條と友達のように付き合いたかったのかもしれない。

「確認しますね。桑岡さんが一年生のときの、担任教師ですか」

しかし春橋は短く一言、

「いえ。上條のです」

と言った。

私は思わず太刀洗を振り返った。上條が一年生だったときの担任とは、とりもなおさず、さっきの下滝のことではないか。下滝は桑岡から悩みの相談を持ちかけられていた……このどうにも油断ならないフリーランスはこういう繋がりを全て知っていて、下滝とのインタビューをセッティングしたのか。たった一日で、そこまで調べ上げて？

その太刀洗は、目を丸くして、わかりやすく驚いていた。

これまでほとんど感情らしい感情を見せなかった太刀洗の大きな反応に、私もびっくりした。彼女は私の視線に気づくと、すっと表情を引っ込める。そしてくちびるを引き結んだまま、小さくかぶりを振ってみせた。どうやら、偶然だったらしい。

桑岡の悩みの中身を知っていたのなら、なぜ下滝はそのことを話さなかったのか。歯がみしたくなる。ただ考えてみれば、下滝が話さなかったというよりも、私が訊かなかったと言った方が正しいような気もする。結局は自殺を防げなかったのに、悩みを相談されていたことを他人に進んで話したくはないだろう。一方で私は、下滝が何か知っていそうだと気づいていながら、その点を追求しきれなかった。もちろんあの時点では、桑岡が下滝に何かを相談していたという情報は知らなかったのだけれど、それにしても手ぬるかったと言わざるを得ない。……失敗だ。

悔しさを押し殺し、それからも質問を続けたが、春橋から他に新しい話は聞けなかった。手帳を閉じ、頭を下げる。

「ありがとうございました」

「どういたしまして」

春橋もまた、パイプ椅子に座ったまま頭を下げる。

「それで、確かお話では……」

「ええ、もちろんです」

私は鞄から、取材協力金を入れた封筒を取り出した。春橋の視線が私の手元に向くのを感じる。そのとき、ふと思いついたように太刀洗が尋ねた。

「ところで先生は、あの学校の理科主任をなさっているんですよね」

「え？　ええ、まあ」

虚をつかれたのか、春橋は曖昧な返事しかできない。太刀洗は重ねて訊く。

「いつ頃からですか」

「ああ。今年度からですよ。前の主任だった先生が、三月に定年になったので」

「では備品管理など大変でしょう」

「ま、そうですね。前任者がちょっとまあ、いい加減で、全部数え直しですよ」

と答えるが、さすがに不審に思ったようだ。春橋は眉を寄せた。

「それがどうかしましたか」

「いえ。……三重県は学校の備品管理を強化すると聞いていますので、何かと大変だろうとお察ししているだけです」

春橋は苦笑した。

「ま、標本の中には、売ろうと思えば高く売れる物もありますからね。残数チェックは当然です」

私は黙って、そのやり取りを聞いていた。

備品管理に興味を持っているとは、咄嗟《とっさ》に考えたにしても、いかにも下手な誤魔化《ごまか》しだろう。

二件のインタビューを終えて腕時計を見ると、時刻は四時半をまわっていた。まだ仕事を終えるには早い時間だ。パイプ椅子を片づけて、私は大きく伸びをする。太刀洗が深々と頭を下げて、言った。

「申し訳ありませんが、わたしがセッティングした取材はここまでです」

「いえ、充分です」

太刀洗には、大貫編集長から取材コーディネートの話が行き、私が中勢町に到着するまでの数時間しか時間がなかったはずだ。それを考えれば、充分以上の成果だと言える。

「太刀洗さんは、これからどうしますか」

「自分の仕事に戻ります」

彼女は「恋累心中」ではなく、別の件を追ってこの街に来ている。あまり無理は言えないが、頼りがいのある戦力を失った。ここからはいつも通り、一人で取材を進めることになる。

まずは遺族に接触したい。たぶん両親や兄弟とは、すぐには話ができないだろう。しかしそれでも自宅に行かないという選択肢はない。住所は太刀洗から聞けるはずだ。それと、太刀洗から名刺をもらった伊志新聞の記者にも接触したい。検屍結果を伝える記者会見が、そろそろ開かれてもおかしくない。記者クラブに入っていない週刊誌にとって、新聞記者は同業者であると同時に有力な情報源だ。そしてなんとか今日中に、ページ数を確定させたい。

「急なお願いでしたのに、いろいろ手配してくださって、本当にありがとうございました。助かりました」

そう礼を伝えると、太刀洗は素っ気なく、

「いえ。こちらも有意義でした。では失礼します」

と言って踵《きびす》を返した。

6

午後七時から中勢警察署で、検屍報告を受けた記者会見が開かれた。

週刊誌記者は会見場に入れてもらえないので、とにかく警察署までは行き、後は会見内容を教えてくれそうな誰かが出てくるのをひたすら待つことになる。中勢警察署は、週刊誌記者やフリーランスも、会見場がある三階の廊下までは立ち入りを許した。その結果、閉ざされた扉の前で、十人ほどの記者が待機することになった。

遺体発見現場にテレビや新聞の記者はいたが、週刊誌の記者は見かけなかった。誰も行っていないはずはないので、たぶんタイミングの問題だろう。しかしさすがに、警察署には各誌の記者が揃っている。こういう事件のときはたいていそうであるように、今回も全員が顔見知りだ。

そのうちの一人、同年代ということもあって会えばいろいろ話す戸田《とだ》という男が、妙に深刻ぶった顔で近づいてきた。

「よう、都留。お疲れ」

「お疲れ。なんだ、何かあったのか」

「それがなあ、あったらしいんだよ」

さほど親しくない同業者も、戸田の話しぶりを聞きつけて、じりじりこちらに近づいてくる。こういう場所での情報交換はお互いさまだ。記者会見には入れない者同士、助け合う。もちろんスクープは別だが。

戸田は声を潜《ひそ》めるでもなく、頭を掻《か》きながら言う。

「女の子の方な、どうも、妊娠していたらしい」

「へえ……」

そう声を上げるが、私はそれほど意外には思わなかった。高校二年生ともなれば、そういうこともあるだろう。写真で見た上條茉莉はいかにも純朴そうに見えたが、この仕事をしていれば、清純派の妊娠にいちいち驚いてはいられない。

問題なのは、それが動機に関わるのかどうかだ。

「父親は桑岡だろ？　それを苦にして……ってところか」

言いながら、私は自分自身の言葉が間違っていることに気づいた。若年での妊娠を苦にして自ら命を絶つなど、一昔前ならともかく、近頃は聞かない。それに、二人の遺書にはそうしたことは書かれていなかった。彼らは「この世がこれほどひどい場所だとは思わなかった」ので死んだのだ。

戸田は苦虫を嚙み潰したように顔をしかめた。

「そうだったら救いがあったさ。そうじゃねえ、どうも、身内にやられたらしいんだな」

「……ひでえな」

「本家筋とか分家筋とか、その辺はよくわかんねえんだが、要するに目上の男にやられて妊娠させられた上、親はだんまりを決め込んだらしい」

どろりとした黒い何かが胸に溜まっていく。嫌な事件だとは思っていたが、これほど胸の悪くなる話が出てくるとは思っていなかった。

「じゃあ、桑岡はどう絡んでくる？」

「彼女を助けようとしたらしい。上條の家に乗り込んだり、元凶のおっさんのところに乗り込んだり。で、ぼこぼこにされたあげく、誰も味方についてくれないことを思い知った。それで、死にたくなった……」

納得した、とは言えない。それなら自殺しても無理はないとは思いたくない。それでも、桑岡と上條が自ら死を選んだ理由はよくわかった。

「よく突き止めたな」

と褒《ほ》めると、戸田は面白くもなさそうにそっぽを向いた。

「俺じゃねえよ。新聞からの受け売りだ。やつらは金持ってるからな、大阪に出てる上條の兄貴を見つけて聞いたんだとよ」

もちろん又聞きで済ますわけにはいかない、取材はしなければならないが、心中の原因はこれでほぼ確定だろう。

今度はお前の番だとばかりに、戸田が上目遣いに訊いてくる。

「で、そっちは何かあったか」

「ああ、まあな」

少し迷ったが、私は例の「たすけて」というメッセージについて話した。私自身の取材で見つけた情報ではなく、太刀洗が見つけてきたものだという後ろめたさはあるが、ノートに書かれていたことなら遠からず発表される。独占しようのない情報なら、交換に出した方がいい。

私の話を聞いて、戸田は唸《うな》った。

「『たすけて』か……。意味ありげだな」

「自殺で『たすけて』なんて書き残したケース、知ってるか？」

「いや、俺は知らないな。そうだな、あれじゃねえのか、ひでえ目に遭ったからノートに走り書きして、それを忘れて、同じノートを遺書にも使ったとか」

どうやら考えることは誰しも同じらしい。

「俺もそう考えたけど、どうも違うらしい」

戸田は腕を組み、溜め息をついた。

「そうか。どうにも嫌な事件だな」

「ああ。そうだな」

そのとき、扉の向こうでどよめきが沸き起こった。

廊下にたむろしていた同業者たち、そして私と戸田も、いっせいに記者会見場のドアに顔を向ける。誰も出てこないが、低いどよめきはなおも収まらない。

「何かあったみたいだな」

戸田が気のない声で、言わずもがなのことを言った。

会見場を出てきた伊志新聞の記者をつかまえて聞いたところによると、警察は遺書のノートに「たすけて」と書かれていたことは発表し、妊娠については何も言わなかった。故人のプライバシーに関わることなので、扱いを慎重にしているのだろう。現場の状況から第三者による殺人の可能性はなく、上條茉莉を刺したのは桑岡高伸でほぼ間違いないことを示唆《しさ》した上で、事件全体を嘱託《しょくたく》殺人の疑いが残る自殺と発表した。

そして、どよめきの理由を聞き、私も耳を疑った。

二人の死因について、上條茉莉は喉の傷が原因となっての失血死、桑岡高伸は溺死だと発表されたが、それだけではなかった。——二人からは、中毒反応が出たそうだ。現場に残されていたワインとコップの両方から、黄燐《おうりん》が見つかったという。

つまり「恋累心中」は、服毒自殺でもあった。

彼らは毒を飲んだ上で、桑岡が上條にとどめを刺し、桑岡は崖から身を投げたということになる。現場で起きた出来事について組み立てていた想像は、全て覆《くつがえ》ってしまった。記者会見場がどよめいたのも、わかる気がする。毒と刃物と崖という三本立てには、桑岡高伸と上條茉莉が抱いた死への熱意とでもいうべき強い意志が込められているようで、聞くだに背すじが寒くなる。

そして私は、恋累の崖の上で聞いた太刀洗の言葉を思い出す。彼女は事件の推移を検討していた私を、何度も止めた。「いまの段階では何も言えない」と言って。あのときは過度の慎重さの現れだろうと思っていたけれど、そうではなかったのかもしれない。

彼女は何か察していたのだろうか。

「察していました」

と、太刀洗はあっさり認めた。

記者会見の後、私と太刀洗は、中勢町のささやかな飲み屋街の一角にある、これもこぢんまりとした小料理屋で会った。明日の予定について確認しようと太刀洗に電話をかけたところ、一人で酒を飲んでいた彼女に誘われたのだ。

店は狭いが綺麗に整頓されていて、カウンターの椅子も座りやすい。私たちは隣り合い、私はビールを、太刀洗は日本酒を飲んでいた。客が私たち二人だけなのをいいことに、酒がまずくなるような話をする。

伊勢湾で獲れた海の幸を肴《さかな》に、太刀洗は盃を傾ける。鰈《かれい》らしき刺身で溜まり醬油をほんの一撫でし、ゆっくりと口に運び、また酒を飲む。その盃を置くと、太刀洗はこちらを見るでもなく、呟くように言った。

「おかしいと思いませんでしたか。上條の遺書には、わざわざ『高伸と手をつないであの世に行けるのなら』という一文が書かれていました。二人は、同じ場所で、一緒に死のうと決めたのでしょう。天体望遠鏡まで持ち込み、好きだった星を見て、二人は美しく死のうとしたのではないでしょうか。……しかし実際は、上條は崖の上、桑岡は川の中という、別々の場所で発見されました。それはなぜか。これが今回の事件で、最も不可解な点です。わたしはずっとその答えを考えていました」

私も、そこが不思議だと思わなかったわけではない。しかし、答えには辿り着いていなかった。

「どうしてだったのでしょう」

「いくつか考えたのですが」

また盃に口をつけ、感情のこもらない声で、彼女は続ける。

「耐えがたい苦しみのため、というのが、最もあり得そうだと思っていました。共に死のうとしたけれど死の過程があまりにも苦しすぎたので、桑岡は上條を楽にするために刺殺し、自らも少しでも早く楽になるために崖から身を投げたのではないか、と。彼らがそういう状況に追い込まれたとしたら、原因は何か。……わたしは、現場にあったワインのことを思い出しました」

「最期に酒を酌み交わそうとしていたのかと思っていましたが」

「わたしは、そこに毒を入れていたのではと考えました」

徳利《とっくり》を傾けて手酌をし、太刀洗は酒の揺れる表面を見ながら、私に訊いた。

「毒は黄燐だったとか」

私は頷く。

「黄燐は空気に触れると発火する性質がありますから、ワインに入れて持ち運んだのは頷けます」

どちらが、ワインを提案したのだろうか。桑岡高伸は月に憧れナイフを持ち歩く少年だった。彼なら、彼らにとってあまりにむごい場所だったこの世を去るに当たって、ワインという洒落た小道具を用いたがる気がした。それにもかかわらずなぜか私は、きっと上條茉莉の方が言い出したことなのではないかと思った。なんの理由もなく。

盃を干し、太刀洗が言う。

「黄燐の毒性は極めて強いとはいえ、即死はしません。彼らは、すぐには死ねなかった。服用から一時間ほどで効き目が現れ、その症状の第一期は激しい吐き気や痙攣《けいれん》など。この症状は八時間以上続きます。……彼らは、苦しんだのです」

私は鈍かった。このとき、ようやく気づいた。

「そうか、あの『たすけて』は」

「のたうちまわりながら、彼らは死の決心を忘れ、毒を飲んだことを後悔したかもしれない。しかし恋累は携帯電話の圏外です。二人は助けも呼べず、毒に冒されて動くこともできず、もうどうしようもないことを知りました。『たすけて』と書いたのは、おそらくそのときでしょう。誰にも助けを求められないからこそ、誰にも届かないメッセージを書かざるを得なかったのです。

桑岡が上條を刺したのは、懇願されたからか、それとも上條の苦しむ姿を見かねたからか、それはわかりません。しかしいずれにせよ、桑岡は上條を刺し殺しました」

毒で安らかに死ねず、上條にとどめを刺す必要が生じたのは、彼らの予定にはないことだったはずだ。桑岡のナイフは用意していたものではなく、ふだんから持ち歩いていたものだった。もともと安物だったのか、桑岡が振り絞った力が強すぎたのか、ナイフは折れた。彼は上條と同じ方法で死ぬ手段を失った。

「そして彼自身は、川に飛び込んだのです」

私は無言でビールを呷《あお》った。

桑岡高伸と上條茉莉にとって、心中は最後の逃避だったはずだ。それすらうまくいかなかった。美しく眠るように死にたかっただろう。その究極的な願いですら、これほど手ひどく裏切られた。神でも仏でもなんでもいいから、彼らを救ってはやれなかったものか。

しばらく、私たちは無言でそれぞれの肴に箸《はし》を伸ばし、酒に口をつけた。その沈黙は、二人の高校生に捧げる黙禱《もくとう》のようでもあった。

唐突に、太刀洗が言う。

「この事件は変質しました」

私は黙ったまま、その横顔を見る。

「今朝の時点での問題は、なぜ共に死のうと誓った二人の遺体が別々の場所で見つかったのか、でした。いまや、問題は別のところにあります」

「上條茉莉を妊娠させたのは誰か」

当然、そこが焦点になってくる。大阪に住むという上條の兄の元には、明日の朝から取材陣が殺到することになるだろう。あるいは、今夜既に押し寄せているかもしれない。

しかし、太刀洗は言下に言い切った。

「違います」

週刊深層にとって、上條茉莉を妊娠させた男の正体は、間違いなく重大な関心事だ。それを違うと言うからには、太刀洗は別の何かを見ている。

「違います。そうではない……。都留さん、黄燐が猛毒だと知っていましたか」

いきなりの問いかけに戸惑いつつ、答える。

「いえ。赤燐ならマッチの素材として知っていますが、黄燐というものがあることさえ知りませんでした」

「そうです、有名な毒とは言えません。ではなぜ、桑岡と上條はそれを選んだのでしょう。それを、どこで手に入れたのでしょう」

「それは……」

言われてみれば、確かに不思議だ。

箸を止め、私は思いつくままに言う。

「桑岡はナイフを持ち歩くぐらいだから、暗いことに引かれる少年だったのかもしれない。毒のことを書いた本かサイトを見たんじゃないですか」

太刀洗は、酒の入っていない盃を見つめたまま、言う。

「それも違います」

「どうして」

「二人は、黄燐が致命的な毒だと知っていました。しかし、その症状が出るのが遅く、症状が起きれば非常に苦しむことは知らなかった。なぜ？　どこで、そんな中途半端な知識を得たのでしょうか？」

答えられなかった。参照したウェブサイトの情報が不完全だった、ということも考えたが、致死毒であることだけ表記して症状の出方について書いていない情報があったと考えるのは、やはり牽強付会《けんきょうふかい》だと思わざるを得ない。確かに、それは問題だ。なぜ黄燐だったのか。そして、桑岡と上條は、それをどこで手に入れたのか。

「やっぱり……そうとしか思えない」

そう呟くと、不意に太刀洗がこちらを向いた。アルコールのせいか頬は色づいているが、その目はあくまで怜悧《れいり》だった。

「都留さん。明日の優先事項が、大阪にいる上條茉莉の兄への接触だというのはわかります。ですが取材コーディネーターとして、一つご提案させてください」

取材の主導権は私にある。しかし私は、方針はこちらで決めると撥ねつけることはしなかった。私はこのフリーランスに、同じ事件に臨む戦友のような共感を持ち始めている。彼女の提案なら、真剣に聞くに値する。

「なんでしょう」

「明日の午後三時から、時間を空けておいてください。たぶん大詰めになります。情報は集めておきますが、もし取材が不可能になりそうなら、十二時までにご連絡します」

続きを待ったが、彼女はそれきり何も言わない。

有益な取材ができるのであれば時間を空けることは厭《いと》わない。大阪取材には遅れを取ることになるが、やむを得ないと腹をくくることもできる。しかし、太刀洗の提案に乗るには、いくらなんでも彼女の説明はあまりに足りない。

「……どういう取材を想定しているんですか」

せめてそれぐらいは知らないと、時間は取れない。そう暗に伝えたつもりだが、太刀洗はにべもなかった。

「それも明日お伝えします。もしかしたら、上手くいかないかもしれないので」

そして今夜はそれ以上話す気はないというように、彼女は再び手酌で酒を注ぎ始める。

私は、新幹線の車内で編集長から聞いた、太刀洗の人物評を思い出していた。――癖はあるが、切れる。

確かに彼女はそんな感じだ。大阪の方は何か手段を講じることにして、明日はこの、どうにも一言足りない相棒に賭けてみよう。そう覚悟を決めて、私はビールを飲み干した。

7

新聞やテレビの記者にとって、朝晩は勝負の時間帯だ。

有望な情報源が職場や学校にいない時間帯を狙おうと思えば、どうしてもそうなる。移動途中に張りついてコメントを取ろうとすることもあるし、政治家や警察幹部の自宅に押しかけることも珍しくない。俗に夜討ち朝駆けという、取材の基本だ。しかし週刊誌記者は、あまりそれをしない。

理由はいろいろあるが、新聞やテレビと同じ情報を摑んでも仕方がないということが大きい。

テレビは昼のニュースまでに、新聞は遅くとも翌日の朝刊に間に合うように一通りの取材を済ませなければならないが、週刊誌には数日の余裕がある。深夜早朝の取材は速度重視のメディアに任せて、自分たちは時間の余裕がある分だけ掘り下げて練り上げた記事を書くというのが、週刊誌記者の誇りだ。

翌朝、私はテレビを見ることから仕事を始めた。ビジネスホテルのシングルルームで、ベッドに腰かけて各局をザッピングしていく。案の定と言うべきか、民放の朝の情報番組は、「恋累心中」で埋め尽くされた。

毒を飲み、同学年の女子を刺し、自らは崖から飛び降りた桑岡高伸とはどんな少年だったのか。高伸と一緒に死ねるなら嬉しいと遺書に書き、喉を突かれていながらその遺体には防禦創が皆無だった上條茉莉とはどんな少女だったのか。二人の幼児の頃から現在まで、よく一日でこれだけ集めたといつもながらに感心するほど、多くの情報が流れていく。

やがて私は、上條茉莉の妊娠が伝えられていないことに気づいた。朝のニュースで流すにはあまりにもむごい話なので、意外ではない。週刊誌でも、一般的な読者は刺激的な話には興味をそそられる一方、本当の悲惨からは目を背けがちだ。テレビではその傾向がより顕著に表れるだろう。しかし望まぬ妊娠という要素を省いてしまったために、「恋累心中」の原因追求はどの局でも宙に浮いてしまっていた。

週刊深層の始業は午前十時ということになっている。徹夜作業や休日出勤、直行直帰が日常茶飯事の職場で始業時間は名ばかりのものだが、それでもいちおう時間まで待って編集部に電話をかけ、大貫編集長を呼んでもらう。

『お疲れ。とんでもないことになってるみたいだな』

「はい。いろいろありました」

昨日の成果を報告する。現役教師のコメントが取れたと伝えると、ふうむと唸るような声が聞こえた。

『珍しいな。どうやったんだ』

自分で手配したわけではないので、胸を張れない。

「太刀洗の仕事です。全部お膳立てしてくれていました」

『そうか。……どうだ、太刀洗とは上手くやれてるか』

「まあまあです」

と言っておく。

編集長も一通りのニュースは見ているので、現状報告はスムーズに進む。最後に、当然のことのように言われた。

『で、今日は大阪か』

もちろん編集長はそう考えるだろう。ここからは交渉になる。

「そのことなんですが、相談があります。すみませんが、応援をお願いできませんか」

『応援だと?』

険のある声が返ってくる。週刊深層編集部は人手不足だ。いま、遊軍はいないはず。それはわかっているが、賭けると決めた以上は無理を通すしかない。

『どうしても、一人じゃ無理か』

唾《つば》を呑む。

「現地で見逃せない動きがあります。離れられませんので、大阪には誰か別の人間をやってもらえませんか。資料は送ります」

『動きだと？　何か掴んだのか』

「はい」

現時点では何も掴んではいない。が、ここがはったりの利かせどころだ。私はふてぶてしく言う。

「夕方には、驚くようなネタを送れます」

編集長の声が途切れた。その沈黙は何より雄弁だった。私のはったりは、まるで通じなかったのだ。やがてあきれたような、苦笑いのような声が届く。

『主導権はお前が握れと言ったろう。まんまと使われやがって、仕方ねえやつだ』

「はあ……」

『ま、それもお前の判断だ。わかった、いいだろう。大阪には横田に行ってもらう』

横田さんは先週二日連続で徹夜している。休んでもらいたいが、いまさら私がそれを口にするわけにはいかない。

「よろしくお願いします」

『おう。資料はさっさと送れよ』

可能な限りの取材を進めるうちに時間は早く過ぎていき、取材コーディネートが不調なら連絡が来ることになっていた十二時に電話は鳴らず、こちらも細部を補強する情報は集まってきたものの目新しい事実は摑めないまま、午後三時になった。

私と太刀洗は、最初に会った場所と同じ中勢駅で合流した。彼女は大きめのショルダーバッグを肩から掛けていて、よく見るとそれは昨日のものとは違うとわかった。カメラバッグだろう。顔を合わせてもお互い挨拶を交わすことなく、

「では、行きましょう」

の一言で、手配してあったタクシーに乗り込んだ。

太刀洗の目の下に、うっすら隈《くま》ができている。昨日は遅くまで打ち合わせを兼ねて杯を傾けていたが、その後も仕事をしていたのだろうか。あるいは今朝早かったのかもしれない。

タクシーは昨日と同じ会社のものだったが、運転手は違っていた。どう見ても七十歳より下には見えない運転手に、太刀洗が行き先を告げる。

「中勢高校にお願いします」

「あいよ」

スムーズにタクシーが動き出す。

車内で太刀洗は、じっと黙っていた。俯《うつむ》いて、会話を拒否するような雰囲気さえ感じさせる。

彼女が言った大詰めという言葉を思い出す。

中勢高校は「恋累心中」の重要な舞台だが、これまでの取材でここを訪れる機会はなかった。昨日が日曜日だったからだが、そうでなくとも学校そのものに近づいて取材することはいつもリスキーで、しかもリターンは少ない。学校の敷地内に入ればたちまち通報されてしまうし、生徒たちから話を聞きたければ通学路で待てば用が足りるのだ。しかしそうしたセオリーにもかかわらず、太刀洗が選んだ取材先が高校だったことを、私は意外には思っていなかった。

十分ほどで目的地に着く。クリーム色の四階建てで、東京では考えられないほど広いグラウンドを擁《よう》しており、掲揚台には校旗が翻《ひるがえ》っているのが見える。

「中まで行くかね」

運転手の問いに、太刀洗はようやく、物思いに耽《ふけ》っていたような顔を上げた。

「ああ、いえ、校門の前で停めてください」

高校の真向かいに、小さな神社があった。鳥居には八幡《はちまん》神社と掲げられていて、幾本もの巨大な杉がそそり立つ薄暗い境内《けいだい》には人の気配がない。タクシーを降りると太刀洗は校舎に背を向け、神社へと入っていく。石畳にショルダーバッグを下ろして開けると、中身は思った通りカメラだった。デジタル一眼レフカメラ。

しゃがみこみ、カメラ本体に大きなレンズを取りつけながら、太刀洗が言う。

「昨日は充分な説明もせず、すみませんでした」

「いえ……」

自分でも説明が不充分だとわかっていたのか。

首だけを巡らして、彼女は私を見上げる。

「ここに来た理由は、おわかりになっているようですね」

それは買いかぶりだった。わかっていたわけではない。しかし、もしかしたらと思い当たることはあった。

「入手経路、ですか。二人はこの高校から毒を手に入れた」

太刀洗はにこりともせずに頷く。

一介の高校生に過ぎなかった桑岡高伸と上條茉莉が、どうやって黄燐を手に入れることができたのか。そもそも空気に触れると発火するような危険な物質が、いったいどこにあったのか？

まず思いついた答えは、学校の理科室だった。今日の午前中を費やして教育施設で黄燐が使われるケースがあるか調べ、高校で同素体の観察や実験のため備える場合があると知った。

「毒性が強い物質ですから、台帳を用意してミリグラム単位で管理するとか」

「そう聞いています」

残量の管理は厳重だったはずだ。それでも……。

「それでも、桑岡と上條の近くに黄燐があったことは事実です。その気になれば手に入れることも、それほど難しくはなかったでしょう」

私の思考と太刀洗の言葉が、はからずも一致した。

電子音のチャイムが聞こえてくる。腕時計を見ると、三時半だった。高校時代の時間割など忘れてしまったが、おそらくいまのは、一日の終わりを知らせるチャイムだろう。

太刀洗が用意しているのは、見たところ二〇〇ミリの望遠レンズだ。彼女は何かを遠写するつもりだ……隠し撮りと言い換えてもいい。この神社に入ったのも、身を隠すために違いない。そして目当ての被写体は、中勢高校の中にいるのだろう。

やはり手元を見たまま、太刀洗は静かな声で言う。

「昨日、亡くなった二人が黄燐の毒性について中途半端な知識しかなかったと考えられるのはなぜか、という点について話し合いました」

「はい」

「どう思われましたか」

私は素直に、首を横に振る。

「わかりません。彼らが参考にした本が間違っていたか、彼らの調べ方が不充分だったというぐらいの仮説しか思いつきませんでした」

「それも充分にありそうなことですが、もう一つ可能性があるように思います」

レンズの装着が終わり、太刀洗はゆっくりと立ち上がる。撮影ポジションを探すように左右を見まわし、注連縄《しめなわ》が巻かれたひときわ太い杉の蔭に立つ。

「誰かが部分的な、あるいは誤った知識を伝えた場合も、毒性の知識は不充分になるでしょう」

「待ってください」

思わず声が高くなる。

「それでは堂々巡りです。その誰かはなぜそんな知識を身につけてしまったのか、という問題が残る」

太刀洗はカメラから目を離し、わたしを見て、首を小さく横に振った。

「意図的にそうしたのではないでしょうか」

「意図的に？」

鸚鵡《おうむ》返しに訊いてしまう。言葉の意味が、よくわからなかった。

桑岡高伸と上條茉莉は、黄燐の毒性を誤解していた。黄燐を飲めば楽に死ねると思って二人で飲んで、悶《もだ》え苦しんで死んだ。――それが、誰かの意図に基づいたことだったというのか？

「黄燐なら苦しまないとそそのかした人間がいる、ということですか」

小さな頷きが返ってくる。

「そそのかしたというより、誘導したという方が近いとは思いますが」

「そんな馬鹿な！　そんなことをする意味が……」

言いかけて、私は言葉を呑む。

太刀洗に食ってかかっても仕方がない。この仕事、叫びたくなるような不愉快な局面にはいくらでもぶつかる。そのたびに叫んでいてはきりがない。よく考えなくては。本当に、桑岡たちに嘘を教える意味はなかっただろうか。それで得をする人間はいなかったか？

上條の兄によれば、上條茉莉は望まぬ妊娠をさせられていた。桑岡高伸はそんな上條茉莉の味方をし、彼女に然《しか》るべき扱いをするよう親族に要求していた。この二人がいなくなれば喜ぶ者もいただろう。……しかしそういう人物には、嘘をついて桑岡たちに黄燐を飲ませ、過度に苦しませる必要はなかったはずだ。

なんのために？

若々しい声が聞こえてくる。校舎の昇降口から生徒たちが流れ出てくる。部活を始めるのか、ユニフォームに身を包んだ生徒もちらほらと見える。

なんのために、他の手段ではなく、黄燐を飲むように仕向けたのか？

苦しませるためか。何かの理由で二人を深く恨み、ただ死なせるだけでは飽きたらず、可能な限りの苦しみを与えてから死なせたかったのか。……いや、それはどうもおかしい気がする。それほどの強烈な恨みを持った人間の言葉を、桑岡たちが鵜呑みにしたというのが納得できない。

黄燐を飲むと、何が起きるか。三日前に二人がそれを飲んだ結果、起きたことは何か。

二人が死んだ。そして？

記者たちが中勢町に来た。他には？

朝のニュースは「恋累心中」の件でもちきりになった。それから？

二人の自殺の動機に注目が集まり、彼らが死ななければならなかった理由がこれから晒《さら》されていく。いや、これらは全て、二人が黄燐を飲んだから起きたことではない。単に二人が死んだから起きたことだ。黄燐を飲んだ場合に限って起きることとは何か？

たとえば昨日のビールだ。私がビールを飲んだ結果、何が起きたか。

……ビールがなくなった。コップは空《から》になった。

空になった?

私は呟く。

「まさか」

「ただ単に、黄燐を始末したかった……?」

太刀洗の顔を見る。ほとんど感情を表さないその顔つきに、いまは微かに、悲痛さが見て取れる。彼女もやはり同じことを考えたのか。

あまりにも利己的な動機だ。しかしあり得なくはない。どこかおかしいだろうか? 検証しなくては。私の言葉は速くなっていく。

「学校で保有している黄燐の残量と、台帳の数字が一致していなかったとしたら? 備品を数える際、黄燐が余っているか、足りないことがわかったら」

いや、余っている場合は捨てればいい。足りなかった場合のみ、問題となる。猛毒の黄燐が学校から紛失したことがわかれば、どんな非難が巻き起こるか想像もつかない。

「そこらで買ってきて補充できるものでもない。じゃあどうするか。素知らぬ顔で嘘の数字を書いてもいいが、長くはもたない。それに、そうだ、県は備品管理を強化する方針だと言っていませんでしたか」

「そう聞いています」

「猛毒が行方不明だと露見すれば、どんな懲戒処分が待っているかわからない。でも、その危機を回避する方法がある。自殺願望のある生徒が黄燐を盗み出し、それを飲んで死んだということになれば、もともと黄燐がどれぐらい残っていたのかは永遠にわからなくなる」

黄燐の残量に責任を持つ理科主任であり、天文部の顧問として桑岡と上條の二人に接点を持っていた人物と、昨日、太刀洗の手配で会っている。私は言った。

「太刀洗さん。あなたはここで、春橋真を撮るつもりなんですね」

校庭から生徒たちの声が聞こえてくる。神木の蔭に風が吹き、ひんやりと体を冷やしていく。

太刀洗は、答えない。

いや、彼女には答える暇などなかったのだ。片膝をつき、カメラを構える。シャッターが連続で切られる音が、カチカチカチと鳴り始める。

中勢高校を見る。生徒たちが使うものとは違う昇降口から、三人の男たちが並んで出てくるところだった。一人は春橋だとして、他の二人は誰だろう。私はじっと、目を凝《こ》らす。

8

来たときに使ったタクシーで、ビジネスホテルまで戻ってくる。そういえば太刀洗は、どこに泊まっているのだろう。

「黄燐の残量をわからなくするために桑岡たちをそそのかしたという考え方には、わたしも同意します」

タクシーの中では黙っていた太刀洗だったが、車を降りると、そう言った。古びたビジネスホテルの玄関前に並び、立ち話をする。

「ですが、それをやったのが春橋真だとは、考えていませんでした。彼が薬品の管理責任者になったのは今年度からですので、台帳と現物に差異があっても、さすがに春橋個人の責任が問われることはないでしょう。それどころか、桑岡たちが黄燐を飲んだことで春橋は極めて難しい立場に置かれてしまいます。違います、二人に黄燐を飲ませたのは春橋ではありません」

私は頷いた。

「迂闊《うかつ》でした」

冷静になってみれば、私の考え方では、なぜ黄燐が減っていたのか説明がつかない。前任者がいい加減で台帳の数字がでたらめだったというケースぐらいしか思い浮かばないが、それを糊塗《こと》するために教え子に毒を勧めるというのはいかにも考えがたい。春橋は軽薄な性格かもしれないが、そこまでするような狂人には見えなかった。

黄燐が減っていることを隠さなければならない人物は、備品管理の責任者ではない。より強力な動機を持つのは、黄燐を減らした何者かのはずだ。

「何を撮ろうとしているのかちゃんと問い質《ただ》していれば、私ももう少し察しがついたと思うんですが」

負け惜しみを言うと、太刀洗はついと目を逸《そ》らし、

「訊かれれば答えました」

と言った。

……先ほど、八幡神社の境内から太刀洗が撮った写真には、両側を屈強な男に固められた下滝誠人が写っていた。下滝が任意同行を求められた瞬間を、太刀洗は見事に押さえたのだ。

「太刀洗さんがなぜここにいたのか、私ももう少し突き詰めて考えるべきでした」

彼女が中勢町にいたのは、「恋累心中」の取材のためではない。それは最初からわかっていたことだ。太刀洗は月刊深層に記事を書くため、県議会議員や教育委員会に爆弾が送りつけられた事件を追っていた。爆弾に使われた薬品の出所を警察が洗い直したところ捜査が進み出し、太刀洗はそれを聞きつけてこの街に来た。

爆弾は、実際には爆発するのではなく、開封すると燃え上がる仕組みになっていた。

黄燐は空気に触れると発火する。

この二つを聞いていたのだから、警察が出所を洗い直した薬品が黄燐のことだとは、気づいてもよかった。

「あなたは『恋累心中』の取材コーディネートをしながら、同時に、自らの目的である爆弾事件も追っていたんですね」

太刀洗は誇るでもなく、悪びれるでもなく、当然のことのように答える。

「はい。明日の保証がない仕事ですから、狙えるときは一石二鳥も狙います」

「なぜ、この二つの事件が関連していると思ったのですか。関連を思わせるような何かがありましたか」

「関連とは言えませんが」

言いかけて、彼女は僅かに目を伏せる。

「亡くなった二人の遺体が、別々の場所で見つかったことが、やはり全てのきっかけでした。黄燐の残量が鍵になる事件が大詰めに差しかかっている時期に、毒を飲んだのではないかと思われる自殺者が出たのです。その毒がもし黄燐だったらそれは何を意味するのか、ずっと考えていました」

「下滝だけでなく春橋も呼んだのは、理科主任だったからですか？」

「それもあります。薬品金庫の管理状況を聞きたかったのです。ただ、春橋が主任になったのは今年度からということで、こちらは空振りでした」

それから太刀洗は姿勢を正し、頭を下げてきた。

「都留さんの仕事に乗る形になったのは、お詫《わ》びします」

「謝っていただく必要はありません。私も、ずいぶん助けていただいた」

下滝誠人は、黄燐を使った発火装置を議員などに送りつけていた。

声明文には、議会中に居眠りをした議員に天誅をなどと書いていたそうだから、とてもまともな話ではない。警察の捜査は出遅れたが、黄燐が高校に備えられていることに気づいてからは早かった。捜査の進展を感じた下滝は、証拠物件である黄燐を急いで始末する必要に迫られたのだろう。

ビジネスホテルを見上げ、昨日のインタビューを思い出す。

「……下滝は、桑岡の相談に乗っていたんでしたね」

おそらく桑岡高伸は、上條茉莉が陥った苦境について何かできることはないか、大人の意見を聞きたかったのだ。あるいは春橋に尋ねたように、下滝にも楽に死ねる方法を訊いたかもしれない。それは証拠隠滅の方法を探していた下滝にとって、絶好の機会になったはずだ。

そして充分に苦しんできた少年と少女は、その生の最後でまたも裏切られ、ノートの片隅に「たすけて」と書き記し、死んでいった。

嫌な話にはいい加減慣れてきた。けれど、これほどやりきれない事件にも、いずれ慣れてしまう日が来るのだろうか。

「では、わたしはこれで失礼します。下滝の写真は、後ほどメールでお送りしておきます」

そう言い残し、太刀洗はタクシーに乗り込む。

遠ざかるバックウインドウの中で、彼女は一度も振り返らなかった。

名を刻む死

1

「いつかこんなことになると思っていました」

その言葉を、檜原京介《ひのはらきようすけ》は必死に呑み込んだ。警官から事情聴取をされている間も、記者たちに囲まれているときも、全てを打ち明けたいという衝動と必死に闘わなければならなかった。

十一月七日午前七時半頃、福岡県鳥崎《とりさき》市の民家で男性の遺体が発見された。この家の住人で、一人暮らしの田上良造《たがみりようぞう》の遺体であることは、近所の住人がすぐに確認した。無職で、享年は六十二。死後三日程度が経過していると見られたが、死因ははっきりしない。衰弱死とも、病死とも言えた。田上は痩《や》せ細り、胃は空《から》であり、家の中には物を食べた形跡がほとんどなかった。

檜原京介は遺体の第一発見者である。中学三年生である彼は高校受験を控えており、放課後は真っ直ぐ家に帰るのがこのところの習慣だった。田上良造の家は帰り道に当たる。六日の午後四時頃、彼はブロック塀の風抜き穴から中の様子を覗《のぞ》き、部屋で倒れている田上を発見した。

そのときのことをこう話している。

「おかしいなと思いました。でも、寝てるのかもしれないって思って、余計な世話を焼いて叱《しか》られるのも嫌だったので様子を見ました」

残暑が厳しかった九月が過ぎ、十月も長袖を着るか迷うような日がだらだらと続き、十一月になっても一向に秋が深まらない年だった。老人が部屋で布団《ふとん》をかぶらずうたた寝していたとしても、直ちに異状とまでは言えなかったのである。京介の不作為は、結果からすれば褒《ほ》められたものではないが、非難されもしなかった。

「次の日、学校に行く途中でもう一度見てみました。前の日と同じ姿勢だったように見えたので、声をかけましたが答えがありませんでした。それで家に帰って、親を呼んだんです」

息子に呼ばれ、小さな印刷所を営む檜原孝正《たかまさ》も田上家に駆けつけた。警察に通報したのは孝正である。

もちろん、一部の者は疑問を抱いた。檜原京介はなぜ、田上家を覗こうと思ったのか。警察も同じことを訊いた。彼はこう答えた。

「いつもは元気な人なのに、何日か姿を見てなかったので、気になっていたんです。それに……通りかかると、変な臭いがしたので」

田上は生前、何かにつけ近所に難癖をつける人物だった。京介の「いつもは元気」という表現は、子供らしからぬ気配りに満ちた、言葉の言い換えだ。ふだんは迷惑なほど騒がしい人物が突然静まりかえり気になったというのは、いかにもありそうな話である。また、通報を受けて駆けつけた警察官は、現場に立ちこめる臭気に気づいた。秋らしからぬ気温の中、田上の体は腐敗が始まっていた。遺体があった居間の窓は細く開いており、臭気が漏れ出したとしても無理はない。京介の発言は状況に適合しており、警官も記者も納得した。

だが、京介自身の認識では、これは嘘だ。

少なくとも彼は、死臭を嗅ぎ分けて田上の家を覗いたのではない。そろそろ死ぬのではと思っていたから、覗いたのだ。

新聞には、こう報じられた。

『無職男性、孤独な死　六十五歳まで年金受け取れぬと思い込みか』

折悪しく、全国で独居老人の知られざる死が続いていた。東京で一人、大阪で二人、広島で一人、誰にも知られないまま部屋で死んだ人間が発見された。鳥崎市の事件も相次ぐ死の一環として取り沙汰され、いくつかの扇情的《せんじようてき》なキャッチフレーズの下、他の事件と束ねて扱われた。中でも、東京で死んだ老人の日記がセンセーショナルに取り上げられた。世間や行政の冷たさを切々と綴った日記は大きな反響を呼び、「区役所のヒトが助けてくれない。ダレも助けてくれない」という一節は、繰り返しテレビで放映された。

ほどなく、田上も日記をつけていたことがわかった。しかし、その内容はあまり世間の耳目《じもく》を惹かなかった。やや晦渋《かいじゆう》であり、感情的な不平不満が見られなかったからだ。

僅《わず》かに、

「私は間もなく死ぬ。願わくは、名を刻む死を遂げたい」

という一文を取り上げるメディアがあったが、「孤独に死を覚悟しなければならないとは痛ましい」という程度の解説を附《ふ》すに留まった。

第一発見者の京介は、しばらく毎日のように取材を受け、同じ質問を浴びせられ続けた。

「田上さんを見つけて、どう思いましたか?」

そう訊かれるたび、彼は「いつかこんなことになると思っていました」という言葉を呑み込み、その分だけ罪悪感を募らせていった。こんな日がいつまで続くのかと思い、夜中に布団の中で歯を食いしばった。

幸い、その苦悩は長くは続かなかった。

あらゆるニュースは風化する。北九州市で国際環境会議が開かれると、報道の注目はそちらに移った。するとたちまち、世間は名も無き死などすっかり忘れてしまう。あまりの早さに、京介はいっそ拍子抜けした。

2

死体の発見から二十日が経った。

京介はその日も、学校が終わるが早いか家路に就《つ》いていた。もはや田上家を覗く理由もなく、寄り道せず自宅へと向かう。印刷所の店舗と兼用の自宅は、ふだんから人通りの少ない住宅街の端にある。なんとなく俯《うつむ》いて歩くうちに、嗅ぎ慣れたインクの香りが漂ってくる。

彼はふと、行く手に誰かが立っているのを見つけた。女性である。髪は長く、背はすらりと高い。黒く丈の短いジャケットに、柄のない白いシャツを着ていた。きっちりと整った着こなしもできるだろうに、その人物はシャツの上のボタンを二つまで外し、下はジーンズにスニーカーだった。厚みのある、無骨な黒いショルダーバッグを襷掛《たすきが》けにしている。

経験的に悟る。彼女は記者であり、自分を待っていたに違いない。

彼の直感は正しかった。目の前の女性は京介と目が合うと、真っ直ぐに近づいてくる。逃げ出すには遅すぎた。彼女は少し頭を下げ、言った。

「すみません。わたし、フリーの記者で太刀洗万智《たちあらいまち》と言います。檜原京介さんですよね」

丁寧ながらも凛《りん》とした声だった。太刀洗と名乗った記者の目は切れ長で、鋭い。引き締まった表情は冷たくさえある。威圧されているようで、京介は思わず目を逸《そ》らした。

「そうです」

「よかった。少しお話を聞かせていただけますか？」

同じ言葉は、もう何十回となく聞かされていた。

「田上さんのことですよね」

「そうです」

「どうしていまさら？　みんな、もう帰っちゃいましたよ」

みんなというのは取材陣のことだ。京介は、目の前の記者に嫌味を言うつもりではなかった。本当に、どうしていまさらと疑問だったのだ。だが自分の言葉が思ったより刺々《とげとげ》しいのに気づき、彼はうろたえた。

「いえ、別にいつでもいいんですが」

記者は苦笑いした。

「後からでないと、わからないこともあるんです」

「はあ」

「後からでないと、わたしのようなフリーの出番は来ないっていうのもあります」

冗談だと思っていいのか、京介にはわからなかった。

「それで、何を話せばいいんですか」

あらゆる質問を浴びせられてきた。だから、一度誰かに答えたことをもう一度繰り返せばいいのだと思っていた。

彼女の質問はこうだった。

「では。……『名を刻む死』とは、どういう意味だと思いますか?」

一瞬、言葉が出なかった。舌がもつれそうになる。それをなんとか堪《こら》えて、彼は言った。

「ええと。確か、田上さんの日記に書かれていた」

「そうです」

逆に疑問が湧いてきた。

「どうしてそれを僕に訊くんですか」

「この町内の人は、田上さんを迷惑な人だと思い、半ば無視していたようですが……」

涼しげな瞳《ひとみ》が、じっと京介の目を覗き込む。

「あなたは田上さんのことを気にかけていた。第一発見者になるほどに。だから、他の人が見てないことにも、気づいているんじゃないかと思ったんだけど」

「いえ、僕は」

誤魔化《ごまか》そうとするが、すぐに無駄だと気づいた。太刀洗は、京介が遺体を見つけたのが偶然だとは、全く考えていない。嘘はばれている。そして彼にとって本当に意外だったのは、太刀洗がその嘘を問題にしていないということだった。

小さく息を吐き、京介は答える。

「わかりません。そんなにずっと、あの人のことを気にしてたわけじゃないので」

「そうですか」

太刀洗は落胆した様子もなく、質問を重ねる。

「これはたとえばの話だけど、田上さんは自宅の玄関や、近くの塀などに貼り紙をしていませんでしたか?」

言われて、田上の家を思い出そうとする。だが浮かんでくるのは、警察や記者や野次馬に取り囲まれた家のイメージばかりで、ふだんの田上家がどんな様子だったか、京介はどうしても思い出すことができなかった。

「……憶《おぼ》えていません」

「そうですか。では、お時間を取らせてすみませんでした」

食い下がろうともせず、太刀洗はあっさりと質問を切り上げる。そのまま立ち去りそうな雰囲気に、京介はつい声をかけた。

「あの」

「はい」

「いまの質問はなんだったんですか。と言うか、何を知りたいんですか」

太刀洗の質問は、どちらもこれまでに訊かれたことのないものだった。太刀洗が足を止める。

「もちろん、田上良造さんの人となりです」

「人となりって？」

「どういう性格で、何を大事にしていて、なぜ孤独に亡くなったのか。それを調べています」

京介は、自分が落ち着きをなくしていることに気づく。表面的に感じたのは反発だ。目の前の女は、死んだ男の粗《あら》を探して金にしようとしている。関わってはいけない。そう思った。

だがすぐに、本当にそうなのだろうかという疑問が湧く。太刀洗と名乗った記者に卑屈さは見られない。開き直ったふてぶてしさもない。あるいはそれらを、涼しげなポーズで隠してしまっているのだろうか。京介にはわからなかった。

やがて、一つの思いが浮かんでくる。ずっと胸に残っていたわだかまりを振り払うには、まさに太刀洗が言ったことを知る必要があるのではないか。誰にも打ち明けられなかった罪悪感を拭《ぬぐ》うには、田上良造がどんな人間だったのかを知るしかないのではないか。京介は田上のことを知らない。生まれたときから近所に住んでいたが、小うるさい爺さんだとしか思っていなかった。

もう少し彼のことを知ったなら、その死を呑み込むこともできるかもしれない。

京介は、喉《のど》につっかえるものを覚えながら、訊いた。

「あの。それって、記事になるんですか」

記事になるなら読みたい。そう言いたかったのだが、その言葉は太刀洗の痛いところを衝《つ》いたようだ。

「まあ……。たぶん」

と曖昧《あいまい》な言い方をする。

「ならないかもしれない？」

「そうは思いたくないですが」

「記事にならないとしたら、僕が質問に答えられなかったからですか」

太刀洗は首を横に振った。

「それは関係ありません。取材はもうほとんど終わっていて、後はアポのある人に話を聞くだけでしたから」

「他に誰の話を？」

「田上さんの息子です」

「あの人、息子がいたんですか……」

田上良造は、ずっと一人暮らしだった。子供がいるとは知らなかった。

「ええ。田上宇助《うのすけ》さん。市内に住んでることはわかっていたけど、なかなか取材を受けてくれませんでした。ようやく話がまとまったので、今夜会います。それで取材は終わりにできるはずですが……。それが雑誌に載るかどうかは、別の話です」

それを聞き、京介は思わず声を上げる。

「あの。もしよかったら、僕も連れていってくれませんか」

「あなたを？」

意外そうに訊くと、太刀洗は僅かに眉を寄せた。

京介にしても、自分がこんなことを言い出したのは実に意外だった。だが一度口にしてしまうと、田上の息子に会うというのは、ほとんど自分の義務のように感じられた。彼は重ねて言った。

「お願いします」

「会ってどうするんですか？」

「僕も、田上さんがどういう人だったのか知りたいんです。……それに、あの人がどう亡くなったか何度も話したけど、家族の人には話してない」

太刀洗は切れ長の目を細め、じっと京介を見つめた。試されているようだ、と京介は感じる。これまで取材を受けなかった男にようやく会えるのに、関係者とはいえ、中学生を同行させても大丈夫なのか。浮《うわ》ついた子供を連れていって、仕事をぶち壊しにされないか。太刀洗はそれを考えているのではと思った。

やがて、少し言葉遣いを変えて、彼女は言った。

「あまり気持ちのいい経験にはならないわ。嫌な思いをしたくなければ、やめておいた方がいいと思うけど」

「嫌な思いって、どうして」

「あなたもずいぶん囲まれたでしょう。それで、記者を好きになった？」

京介は返事ができない。

取材されて、いい思いなど一つもしなかった。

記者たちが直接に迷惑をかけてきたわけではない。しかし好きになったかと訊かれると、頷《うなず》くことはできなかった。その内心を読み取ったように、太刀洗が言う。

「嫌がってる相手のところに押しかけるのも仕事のうちよ。でも、お勧めはしない。どうする？」

京介は、他人から嫌われても超然としていられるタイプの人間ではない。しかし同時に、大人から本当に嫌われたこともなかった。太刀洗の忠告を現実問題としては理解できないまま、彼は答えた。

「行きます。お願いします」

太刀洗は小さく溜め息をつくと、もう止めなかった。

「約束は六時。大丈夫？」

「はい」

「五時半になったら、ここに来て。車で行くから。……それと」

ショルダーバッグのファスナーを開き、クリアファイルを出すと、それを京介に渡す。

「地元の新聞に載ってた、田上さんの投稿よ。興味があるかもね。コピーに余分はないから、後でちゃんと返して」

そして太刀洗はもう一度「五時半ね」と念を押し、足早に立ち去った。

3

田上の息子に会うため、京介が用意するものは何もない。

服装も、制服のままが一番いいと思った。京介は自室に入ると、ブレザーを脱いで机に向かう。太刀洗から渡されたクリアファイルには、新聞のコピーが挟んであった。隅には赤いボールペンで、「とりさき新聞　十一月二十六日　鳥崎市立図書館」と昨日の日付が書かれている。走り書きの雑な字だ。

コピーはどれも、新聞の日付が入るように工夫されている。「とりさき新聞」は、京介も見たことがある。病院の待合室や図書館に置いてある。だが読んだことはなく、「はつげん広場」という投稿欄があることも知らなかった。

「待った」に待った

元会社役員　田上良造（六一）

四月一日付本欄の「市役所改築に待った」を読んだ。財政状況厳しい折、他にもっと予算を使うべき場所があるというご意見、一理なしとはしない。だが私見では、市役所改築こそ急ぐべきである。

現在の市役所は老朽化が進み、業務遂行《すいこう》に不便だろうことは想像に難くないが、それだけのことであれば私も我慢せよと言っただろう。問題なのは、鳥崎市の中枢たる施設があのようにみすぼらしくていいのかということにある。他の町から来た人間は、あの市役所を見て、鳥崎市をいい場所だと思うだろうか。薄汚れた壁をきれいにすることもできない、貧しい町だと思うのではないか。単に節約ばかりを口にするのは、いささか近視眼的と言わざるを得ない。

あいさつ万能に疑問

元会社役員　田上良造（六一）

六月十七日付の「あいさつ運動　広がりの輪」を読んだ。悪いことだとは思わないが、記事の中で書かれているほど良いことだとも思わない。あの書きぶりでは、子供たちがあいさつを交わすだけで、地域社会がよみがえり、商店街も振興して、ひいては鳥崎市が繁栄を極めるとでも言わんばかりではないか。

確かに子供たちには礼儀を教える必要がある。近所の顔見知りに会って会釈《えしやく》もしないという態度は、寂しいなどという生やさしい言葉では言い尽くせない。無礼である。だが誰にも彼にもむやみにあいさつすればいいというものではない。悪人は、表面は親切ごかしに「こんにちは」と話しかけてくるものだ。あいさつした人間はいい人間などという単純な価値観は認められないし、そんなことに税金を注ぎ込むのは愚の骨頂だ。

ごみの分別、やるべし

元会社役員　田上良造（六二）

二月四日付本欄の「分別、本当に有効なの？」を読んだ。分別されたごみが、本当に有効にリサイクルされているのか疑問だという。私に言わせれば、これは規則というものを勘違いした意見である。分別が徹底されて初めて、その分別されたごみをリサイクルするための手順が見えてくる。物の道理とはそういうものだ。

二十二種類というごみの分別が多すぎるという意見だが、ほとんどの市民に関係があるのはせいぜい四、五種類だろう。寄稿者は商売柄、毎日多岐にわたる分別を強《し》いられると不満がっているが、それは考え方が逆で、これまで楽をしてきたのだと思うべきだ。決まり事にいちいち反論するのは子供のすることで、全くもって、自由というものを履《は》き違えていると言わざるを得ない。

田上良造の投稿はこの三枚だった。だがもう一枚、「はつげん広場」欄のコピーがある。田上の名前は見当たらないが、投稿の一つが赤で丸く囲んである。京介はそれも読んだ。

名物の活用を

無職　佐々木直也（六六）

全国的に不況と言われる中、このところ鳥崎市もなんとなく活気がないように思えます。これぞ鳥崎市という存在感を発揮しなければ、北九州市の前で鳥崎の名前はかすむ一方です。何か「とりさき」の名前をアピールできるものがないか、毎年の物産展で試行錯誤が繰り返されていますが、どれもパッとしないというのが本当のところのようです。

私事で恐縮ですが、定年まで社長を務めておりました水産会社に、市内のラーメン店から面白い依頼がありました。イワシのヌカ炊きをラーメンに使えないかというのです。出来上がったラーメンは、ちょっと他にはない珍味でした。市を挙げてこれをアピールすべしと言えば手前みそになりすぎますが、市内をくまなく探せば、きっと新しい「とりさき名物」が発掘できるはずという一例になるとは思います。

京介は、鰯のヌカ炊きが好きではない。それに、ヌカ炊きが鳥崎市の名物だという話も聞いたことがなかった。

なぜこの記事に丸がついているのか。太刀洗と名乗った記者の涼しげな面持《おもも》ちを思い出しながら、京介は呟《つぶや》く。

「食べたいのかな」

あまり似合わない気がした。

4

五時半が近づくにつれて、京介の内心には漠とした不安が広がっていく。彼には、見知らぬ大人にこちらから会いに行くという経験がなかった。これまでは大人に会うといえば親戚か教師か、でなければ店員ぐらいのものだった。太刀洗と一緒に行くのだと思えば少しは安心できる気がするが、よく考えればその太刀洗も、路上で少し話しただけの相手なのだ。当てになるかはわからない。

逃げ出しても誰も文句は言わないだろうと思いながら、それでも京介は五時半に約束の場所にいた。待つというほどの間もなく、ミニバンが近づいてくる。運転席には太刀洗がいた。

「お待たせ。乗って」

京介を乗せて、ミニバンはゆっくりと走り出す。

車内は殺風景で、なんの飾りもない。後部座席にはショルダーバッグが投げ出してある。

「これ、太刀洗さんの車なんですか」

そう訊くと、太刀洗は前を向いたまま答えた。

「レンタカーよ」

車は住宅街を抜けて、幹線道路に入る。夕方にさしかかり、交通量は多い。京介にとっては慣れた道だが、太刀洗にとってはそうではないらしい。案内標識があるたび、ちらちらと視線を走らせている。

それでも大体の道順が把握できたのか、赤信号で停まると太刀洗から訊いてくる。

「それで、記事は読んだの」

「あ、はい。読みました」

「どう思ったか教えてくれる？」

緊張で口の中が乾いている。唾《つば》を呑み、京介は慎重に答える。

「あんな攻撃的な書き方でも、ちゃんと載せてくれるんだなって」

冗談を言ったつもりではなかったが、太刀洗は口許《くちもと》を緩《ゆる》めた。

「そこから考えられることとしては……」

「『はつげん広場』は、あんまり投稿が集まらない」

「妥当《だとう》な分析ね。他には？」

「その前に訊いておきたいんですが、田上さんが投稿したのは、あの三つで全部でしたか」

信号が青になる。前の車に続いてミニバンが動き出す。

「それは保証できないわね。わたしが調べたのは過去二年分だし、投稿したけれど掲載されなかった可能性もあるから」

「あ、なるほど。じゃあ取りあえず、あの三つで全部だとしておくと……。確かに、田上さんが書きそうなことだと思いました」

生前、元気だった頃の田上良造を思い出す。京介は田上と話したことがない。ただときどき、住宅街の路上で人に食ってかかるところを見たことがある。ごみの出し方、宅配業者の路上駐車、犬の散歩に至るまで、田上良造にとってはあらゆることが癪《しゃく》の種だったようだ。

そうでないとしたら、寄る辺なく近所をうろついている姿しか見ていない。

「三つの記事は、どれも先に出た記事とか投稿への反論でした。反論というか、難癖というか。田上さんが本当に言いたかったことなのか、あやしいです。もし田上さんに、誰かへの反論じゃなくて自分の意見を書いてくれと言ったら、何も書けなかったんじゃないかなって思います。言いすぎかな」

へえ、と太刀洗が呟いた。

「檜原くん、中学生よね。三年生」

「そうです」

「ちょっといいね」

そう言って微笑《ほほえ》む。

思わず顔を伏せた京介に構わず、太刀洗は続けた。

「わたしも同じことを考えた。念のため、田上さんの反論元になった記事や投稿にも当たったわ。でも、どれもそれほどおかしくはなく、むしろ無難なものだった。それに対してあれほど攻撃的な投稿をするというのは、控えめに言っても危ない気がする。わたしの記事が載らないかもしれない理由は、これでわかったでしょう」

「えっ」

いきなり言われて、京介は戸惑う。

「いや、あの。どういうことですか」

太刀洗は淡々と言う。

「そのまま書けば、亡くなった田上さんを悪く言うことになる」

京介は黙り込んだ。ミニバンは走り続け、鳥崎市の市街地を抜けていく。京介はふと、自分が行き先を知らないことに気づく。

やがて彼は、口を開いた。

「でも、そういう記事を読みたい人もいるんじゃないですか」

「……」

「さっき、記者を好きになったかって訊きましたよね。好きかどうかはともかく、死体を見つけたからって取材されて、いいことなんて何もなかった。

僕、テレビに出たんですよ。首から下だけだったけど。そしたら、すごいですよね。僕がどこの誰だか調べた人がいて、電話をかけてきました。『死体を見つけた人でしょ』って。女の人でした。すごい甲高《かんだか》い声で怒鳴るんです。『どうして助けなかったの、人殺し!』って。

学校でも騒がれました。見つけたって言っても、ちらっと見ただけです。それなのに死体ってのはどんなものか、クラスメートに何回も何回も説明させられて。そしたら、先生に呼び出されました。『受験前の大事な時期に、何を考えているんだ』ってめちゃくちゃ怒られたんですよ。あれ、なんで怒られたのかな。たぶん先生もわかってなかったと思う」

太刀洗は黙って聞いている。ハンドルを握り、前を見たままで。

「でも、いつまでも騒いじゃいられない。だから結論がいる。東京で死んだお爺さんの日記、あちこちで紹介されましたよね。あの、区役所が冷たかったたって書いてたやつです。あれが結論ですよね。それでみんな、『ああそうか。区役所が冷たかったからなのか』って納得して、話が終わるんだ。

もし太刀洗さんが田上さんを悪く書いたら、それも一つの結論になりますよね。『ああそうか。悪い人だからろくな死に方をしなかったんだ』って納得して、すっきりしたい人も大勢いるんじゃないですか？」

それは彼がずっと考えていたことだった。自分が見たものはなんだったのか。話したことはなんだったのか。自分が話したことで、田上良造の一人きりの死は、どう変質してしまったのか。彼は考え続けていた。

日が暮れていく。太刀洗が車のヘッドライトを点ける。

「そうね」

彼女は言った。

「いるでしょう。結論はいつも求められている。あなたの言う通りに」

その横顔にはなんの表情も現れていない。京介の言葉は、太刀洗を動揺させることはなかった。彼は自分が喋《しゃべ》りすぎたと感じ、羞《は》じた。

太刀洗の次の言葉は、京介が意外に思うぐらい、穏やかなものだった。

「それであなたは、別の結論があると思っているのね」

「……はい」

すんなりと、そう答えることができた。

片手をハンドルから離し、太刀洗がジャケットの内ポケットを探る。一枚の写真を出して、京介に差し出す。

「田上さんの遺体が見つかったとき、テーブルの上にはこれがあった。報道されていないものだから、貸すことはできないけど」

「そんなもの、僕が見ていいんですか」

「秘密にされてるわけじゃない。まだ誰もニュース価値を見出していないだけよ」

その写真は、葉書を写していた。

雑誌についてきたアンケート葉書らしい。一番上に「歴史個人」とあるのが誌名だろう。文字が小さくて読みにくい。裏面らしく、切手を貼る場所はなかった。明かりに乏しい車の中で、京介は目を凝《こ》らす。

アンケートには、文字で回答する項目はほとんどない。住所や名前を書く欄は表にあるのだろう。いくつかの項目から当てはまるものに丸をつける方式だった。

歴史個人　第二十二号　御愛読者様アンケート

性別
①　男性
2　女性

年齢
1　十九歳以下
2　二十代
3　三十代
4　四十代
5　五十代
⑥　六十代
7　七十歳以上

御職業

1　小中学生
2　高校生
3　大学生・専門学校生
4　会社員
5　公務員
6　自営業
⑦　無職
8　その他（　　　　）

本誌の定価についてお聞かせ下さい
①　高い
2　適正
3　安い

本誌はどこでお買い上げいただきましたか
1　近くの書店
2　通勤・通学途中の書店
3　インターネット通販

④　定期購読
5　その他
本誌はいつもお買い上げいただいていますか
①　いつも購入している
2　テーマに興味があるときに購入している
3　今回初めて購入した
ご意見をお寄せ下さい
〔　　　　　　　〕
プレゼントの希望番号を、第二希望までお書き下さい
第一希望〔2〕
第二希望〔6〕
太刀洗の運転は荒くなかったが、小さな文字をじっと見ていると車酔いしそうで目を逸らす。
京介は訊いた。
「あの、これが何か?」

「それは、田上さんが最後に書いていたものかもしれない」

もう一度、写真に目を落とす。

「……そうか。あの人、歴史が好きだったのか」

京介は「歴史個人」という雑誌を知らない。だが、あの居間でテーブルに向かい、アンケート葉書を雑誌から切り離している田上の姿を想像することはできる。よく見ると、葉書の端はキリトリ線から外れて、曲がっていた。

「『歴史個人』二十二号の発売日は、今月四日。田上さんはこの雑誌を定期購読していて、近所の書店に家まで届けさせていたそうよ。特集は『新説・戊辰《ぼしん》戦争』。プレゼントの二番と六番がなんだったのかは、まだ調べてない」

あたりは既に暗くなっていた。ミニバンは速度を落とし、道路沿いのファミリーレストランに入っていく。ガラス窓から明かりが漏れている。駐車場の車の数は少ない。

エンジンを止めて、太刀洗はようやく京介を見た。

「降りて。ここよ」

5

田上宇助は、家族用の大きなテーブルを一人で占めていた。テーブルにはビールジョッキと鶏の唐揚げが並び、ジョッキのビールはほとんど空になっている。宇助の顔は真っ赤になっており、既に目つきも胡乱《うろん》だ。髪は脂《あぶら》ぎっており、顎《あご》には肉がついてくびれがない。頬《ほお》にはぼつぼつと無精髭《ぶしょうひげ》が生えていた。太刀洗が近づくと、手を挙げて声を張り上げる。

「おおい、こっちだ。先に始めてるぞ」

太刀洗は、すっと頭を下げる。

「お忙しいところお時間をいただき、ありがとうございます」

宇助は片手をジョッキにかけて、にたりと笑った。

「ふん。お忙しい、か。えらい皮肉じゃねえか。まあ、そりゃいいや。ケチなねえちゃんよ、いくらあんたがケチでも、ここの払いぐらいは持つんだろうな」

「はい」

「それを聞いて安心したよ。もう次も頼んであるからな」

言うと、ぐいとビールを呷《あお》る。ジョッキを一杯空にしたところで、太刀洗の後ろに立つ京介に目を向ける。

「そいつは誰だ」

「彼は」

太刀洗が振り返り、京介を手招きする。

そのとき、京介は半ば呆然《ぼうぜん》としていた。なんとなく、田上宇助は父親の良造に似ているのではと思っていたのだ。田上良造は小柄でいつも眉間に皺《しわ》を寄せており、最期は枯木のように痩せ細って死んだ。その面影《おもかげ》は、田上宇助のどこにも見出せない。京介は、宇助を一目見たときに湧き上がった思いがなんなのか、しばらく理解できなかった。それが嫌悪だとわかったのは、目が合ってからのことだ。

「檜原くん」

声をかけられて我に返る。尻込みしたい気持ちを堪え、半歩進み出る。

「あの、はじめまして。檜原といいます。あの……。田上良造さんの……」

「ああそうだよ。息子だよ。で、おめえはなんだ。制服なんか着やがって。社会見学か？」

宇助は太刀洗に向けて、露骨に眉をひそめてみせる。

「聞いてねえぞ」

しかし太刀洗は平然と受け流す。

「いえ。彼は、第一発見者です」

「ああ？　なんの」

「田上良造さんのご遺体を最初に発見したのが、彼です」

宇助はどんよりとした目で京介を睨《にら》む。

「……ふうん。おめえが、そうか」

半身を乗り出した宇助の口から、アルコール臭い息が吹きかけられる。たじろぐ京介に、宇助は突然声を荒らげた。

「で、何しに来た？　礼金でもせびろうと思ったか？　舐めんじゃねえぞガキ。誰がおめえなんぞに礼なんかするか」

京介は歯を食いしばる。宇助が何を言っているのかわからない。ぶよぶよと太った宇助の体が、恐ろしく大きく見えた。

太刀洗が言う。

「いいえ。彼は、田上良造さんの最期の様子をご遺族に報告していないことを気に病んでいます。お悔やみを言いに来たと思ってください」

「お悔やみだ？　ふざけんなコラ。お悔やみってのはな、白い封筒に入れて出すもんだ。そんなことも知らねえのか、ガキが」

「まだ中学生です。許してやってください」

「へっ……。くそガキ……」

そう吐き捨てると、宇助の目がとろんとする。鶏の唐揚げを素手《すで》で摑《つか》み、マヨネーズをべったりと塗りつけて口に運ぶ。無表情の店員がビールの入ったジョッキを持ってくる。それを機に、太刀洗はようやく椅子に座る。京介は立ったままだった。宇助の正面に座るのが嫌だった。自分はどうしてこんなところに来てしまったのだろう。そう思うと、さっきの太刀洗の警告が甦る。――あまり気持ちのいい経験にはならないわ。

ビールを置いて立ち去ろうとする店員に、宇助が大声で呼びかける。

「おう、あとソーセージな。鉄板焼き」

「はい、かしこまりました」

新しいビールに宇助の手が伸びる。構わず、太刀洗が話を切り出す。

「それで、田上さん。お訊きしたいのは、亡くなった良造さんのことなんですが」

「ああ。そうだったな」

宇助は、ジョッキを摑んだ手を離した。テーブルに片肘《かたひじ》をつく。

「……で、なんだ。忙しいんだ。さっさとしろよ」

「良造さんというのは、どんな方でしたか」

途端、宇助は相好《そうごう》を崩した。馬鹿馬鹿しいと言わんばかりに笑い、腹を突き出して椅子の背にもたれかかる。

「そんなことか！」

そしてふと真顔になる。

「いいか記者さん。俺はこんな男だ。ろくでなしだ。だけどな、あいつほど腐っちゃいない」

「腐った、と言いますと？」

「あいつは病気だった。自分以外はクズにしか見えない病気だったんだ」

宇助の表情が、異様な熱を帯びる。

「とっくに調べたんだろうが、うちは爺さんの代から庭師だ。親父は次男だったから、社長にはなれなかった。専務さ。経理畑と言やあ聞こえがいいが、あいつは庭のことなんか何も知らねえんだ。庭木の区別もつかねえくせに、職人たちをバカにしてた。それで、俺に言ったんだ。お前はもっとまともな人間になれ、ってな。

あいにく俺は頭が悪かった。でもな、それでも仕事にゃ就いたんだ。大工だ。スジがいいって褒められた。だが親父は気に入らなかった。そんなのはまともな仕事じゃねえって言うんだ。俺の友達は実家の農家を継いだ。それもまともな仕事じゃねえんだそうだ。俺の従兄《いとこ》は鳥崎市役所に入った。公務員さ。親父がなんて言ったかわかるか？　公務員なんてのは税金泥棒だ、まともな仕事じゃない。

わかるだろう。親父にとってまともな仕事ってのは、造園会社の経理のことだったんだ。ハサミも持ったことがねえ、それどころか帳簿をつけられたのかもあやしい、そんな仕事をしてる人間だけがまともだったんだ」

ビールに手を伸ばし、喉を鳴らして飲む。だが、呂律《ろれつ》はかえってはっきりとしてくる。宇助は太刀洗を睨むようにして、話し続ける。

「俺の勤めてた工務店は倒産した。施主が逃げて、不渡りが出たんだ。ひでえ話だ。ほとんど詐欺だった。社長は首を吊ったよ。いい人だったんだ。あんないい人は見たことがねえ。だけど親父にとっちゃあ、そんなことはどうでもよかった。会社が潰れて、俺が無職になったことが気に入らねえんだ。会うたびに『無職ってのはクズだ』って言いやがる。いいか、俺は働いてた。大工の仕事を探しながら、昼も夜も警備や掃除をしていたんだ。……だがな、記者さん。仮に俺が本当に無職だったとしても、だ。

なんであいつに言われなきゃならねえ。俺のお袋も、弟も、あいつに言わせりゃクズだった。俺の女房も。子供も。死んだ社長のことですら、あいつは甲斐性《かいしょう》のないクズと言ったんだ。だがあいつはどうだ？　あいつの会社での評判は聞いてたんだ。仕事をしねえ。何も決めねえ。責任も取らねえ。それなのに、先代の次男だってだけで定年までタダ飯を食った。

わかるな？　あいつは病気で、人間が腐ってた。だから誰も寄りつかなかったし、会社からもすっぱり縁を切られた。最期は誰にも助けてもらえず、一人で死んだってな。……いい話だ。本当にいい話だ。世の中、そうでなきゃ釣り合いが取れねえ……」

最後はぼそぼそと呟いて、宇助は俯く。熱が引いていく。

「話は終わりだ。これでいいか」

京介は、宇助の熱気に当てられたようにぼんやりとしていた。しかし太刀洗は違った。冷たく落ち着いた声で、

「では、最近良造さんに会いに行ったことはなかったんですか」

と訊いた。喉に絡むような声で、宇助は答えた。

「行ったよ」

「十一月三日ですね」

「知ってるんじゃねえか。お袋の命日だったんだよ。七回忌だ。これぱっかりはな」

そう吐き捨てる。

「だが、会っちゃいねえ。お互いに顔も見たくねえんだ。襖《ふすま》越しに何か言ってるのを聞いただけだった。仏壇拝んで、さっさと出てきたよ。警察に言った通りだ」

「わかりました。ありがとうございます」

そう言うと、太刀洗はジャケットの内ポケットから封筒を出した。宇助の目つきが変わる。

「おい、なんだ。出るもの出るんじゃねえか」

「いえ、これはあくまでお食事代です。些少ですが」

封筒をテーブルに置き、宇助に差し出す。飛びつくように封筒を手に取ると、宇助は迷わず指を突っ込んだ。

その表情は、みるみる落胆に変わる。

「……ふん。まあ、いいや」

「それで、すみませんが、こちらもフリーランスで税金のことがいろいろありまして」

ショルダーバッグから小さな紙切れと、ボールペンを出してくる。

「受け取りのサインと日付だけ、お願いします」

「これっぽっちに領収証？　は、どこも不景気ってな。今日は何日だ」

「十一月二十六日です」

顔をしかめながらも、宇助はペンを雑に動かす。領収証を手に取ると、太刀洗はさっと立ち上がった。

「ありがとうございます。とても参考になりました」

だが宇助は、それには答えなかった。近くを店員が通りかかると、顔を上げ、吼えるような声でわめいた。

「おいコラ、たかがソーセージにどれだけ待たせるんだ！」

6

帰りの車の中で、太刀洗が言った。

「あの人は、取材の記者に報酬を要求していたの。自分の話を聞きたければいくらか包めってね。誰も払わなかった。だから、不機嫌《ふきげん》なのは最初からわかっていたわ」

「それであんなに酔っていたんですか」

「わたしも少し驚いたわ。会ってみて、どうだった？」

京介は率直に答えた。

「……怖かったです」

もちろん田上宇助の酔態も、理不尽な怒声も恐ろしかった。だが京介を本当に怯《おび》えさせたのは、父親を罵《ののし》る宇助の取り憑《つ》かれたような喋り方だった。

何も言わなくても、太刀洗はそのことを察したようだった。

「彼の話が全部正しいわけじゃない。少なくとも、田上造園での良造の立場については、別の話も聞いてる。あまり仕事をしなかったのは本当らしいけど、それは社長である兄への遠慮だと言う人もいた。社内で煙たがられて仕事を与えられず、毎日肩身が狭そうだったと言う人もいたわ」

「どれが正しいんでしょう」

「さあ」

さほど興味もなさそうな、生返事だった。

ミニバンは来た道を戻っていく。あたりは夜で、他の車は少ない。二人が黙ると、車内にはエンジン音が軽く響く。

沈黙に耐えかね、京介が訊く。

「これで、記事は書けるんですか」

「ええ」

「どんな記事になるんですか」

少し間があった。太刀洗は、ぽつりと呟いた。

「名を刻む死とは何か」

それは、田上良造が日記に遺《のこ》した言葉だ。京介は、太刀洗と会ったときのことを思い出す。太刀洗の最初の質問は、「『名を刻む死』とは、どういう意味だと思いますか?」だった。

「名を刻む死って、なんですか」

そう訊きはした。だが京介は、答えがないことを願っていた。

願いは通じない。太刀洗は答えた。

「肩書きつきで死ぬこと」

「肩書き……?」

「死んだ後、無職と呼ばれないこと」

京介の口から、あ、という音が漏れた。

「『とりさき新聞』の投稿欄を見たでしょう。あの記事で、田上良造の肩書きは『元会社役員』だった。それを見て、おかしいと思ったのよ。定年を迎えて会社を退いた人の肩書きは、ふつう『無職』になる。少なくとも『元会社役員』は、職業の名前じゃないわ。

もしかしたら『とりさき新聞』では、定年退職者は前職の肩書きで掲載するのが通例なのかもしれないと考えた。だけど違った。渡したクリアファイルの記事は、全部読んだ?」

無言で頷き、京介は記事の一つを思い出す。鰯のヌカ炊きを使ったラーメンの相談に乗ったという寄稿者は、確か元は水産会社の社長だった。

「元社長の方の投稿では、『元社長』という肩書きにはなっていなかった。『無職』だったわ。ということはおそらく、『元会社役員』という肩書きは田上良造が希望したもの。彼はそこにこだわりがあるのではと考えた。さっきの田上宇助への取材も、充分な傍証《ぼうしょう》になるでしょう。けれど、自称が通用する『とりさき新聞』はそれで通っても、自分の死後はどうなるのか。折しも独居老人の死が相次ぎ、世間の話題になっているだけに、自分の死もニュースになる可能性が高い。そうなったとき、死亡時に職に就いてなかった以上、いくら自分は元会社役員だと念じながら死んでも無職と書かれてしまうのではないか。田上さんはそれが恐ろしかった」

太刀洗の横顔は、街灯に一瞬照らされては、すぐに暗くなる。京介はその横顔をじっと見つめた。彼女はどこまで知っているのだろうと思った。

そして京介は、太刀洗から渡されたものが「とりさき新聞」だけではなかったことを思い出す。

「でも、それじゃあ、あのアンケートは。『歴史個人』のアンケートでは、確か『無職』に丸がついていた」

「そうね」

「もし本当に田上さんが肩書きがつくことにこだわっていたなら、嘘をついたってばれるわけじゃないアンケートで『無職』に印はつけないんじゃ」

「そう思うわ」

京介は考える。太刀洗は、このことに気づいていたに違いない。気づいていたからこそ、あのアンケートには意味があると思い持ち歩いていたのだ。あのアンケートの特徴はなんだったか？

彼はやがて、恐ろしい可能性に思い当たる。

「もしかして……。あのアンケートは、田上さんが書いたものじゃない？」

赤信号に阻《はば》まれ、ミニバンが停まる。太刀洗はジャケットの内ポケットから、再度アンケートの写真を取り出す。

「その可能性は疑っていた」

アンケートには確かに、自筆で書いた部分がほとんどない。他人が書いてもわからないと思われた。だが僅かに、筆跡が見られる箇所がある。読者プレゼントの希望を書く欄に、二つの数字が書かれている。「2」と「6」。

「田上良造が孤独であることはわかっていた。訪問したと判明しているのは、息子の宇助だけ。それで、少し工夫したの」

もう一枚、紙切れが出てくる。さっきファミリーレストランで宇助がサインした領収証だ。

「あ……。僕、太刀洗さんが間違えたんだと思っていました。今日は二十七日なのに」

「『2』だけ手に入ればいいと思っていたんだけど。日付を訊かれたから、咄嗟《とっさ》にね」

そこには11月26日と書かれている。

アンケート葉書の数字、「2」と「6」。領収証に書かれた「2」と「6」。

知らず、京介は呟いていた。

「似てる。同じだ」

信号が青になる。動き出したミニバンの慣性が、思ったよりも強く京介をシートに押しつける。

「これ、どういうことですか」

声が上擦《うわず》る。だが太刀洗は、自ら罠を仕掛けておきながら、その結果にはあまり興味がないようだった。あっさりと言う。

「『歴史個人』のアンケートを書いたのは、おそらく宇助。つまりそのときには良造は亡くなっていたんでしょう」

「そのときというと」

「十一月四日以降。『歴史個人』二十二号の発売日より後ね」

「宇助は三日に実家に行っている。まさか！」

京介は悲鳴を上げた。良造が三日に死んで、それを四日に死んだように見せかけるためにアンケート葉書を置いたのだとしたら。宇助は良造を憎んでいた。

だが太刀洗は、短く言った。

「違うわ」

小さく息をつく。

「宇助が良造を殺したと思っているなら、それは違う。三日の晩、良造が危篤状態だったことはほぼ間違いない。何も食べた痕跡がなかったというのは、警察の調べでわかってる。いまにも死にそうな人間をわざわざ殺すとは思えない」

「じゃあ、この葉書は」

「ただし助けもしなかった」

京介が息を呑む。

「三日の時点で良造は数日間何も食べていなかった。そこに訪れた宇助は、良造のために手を打てたはずよ。何か食べ物を作ってもいいし、法事で来ていたならお供え物も持っていたでしょう。食べ物が喉を通らないほど弱っているなら救急車を呼んでもいい。でも宇助は、良造を見殺しにした。

三日に実家に行くことは公言していた。だから良造の死は四日以降でないと困る。宇助はたぶん、様子を見るためもう一度実家に戻ったんでしょう。そこで、届いていた『歴史個人』を見て小細工をした」

「それって、殺人には」

「ならない」

そして彼女は、事も無げに言った。

「保護責任者遺棄致死よ。警察も宇助に接触している。ただ……。北九州市で国際会議があったから、忙しかったんでしょう。まだ手がまわっていないみたいね」

7

京介の自宅まで送るつもりはなかったらしい。太刀洗がミニバンを停めたのは、二人が最初に会った路地だった。

「さあ、降りて」

太刀洗に促されても、京介は助手席から動こうとしなかった。

「どうしたの?」

訊くか訊かないか、彼はずっと迷っていた。

京介は、遺体の第一発見者である。だがそれは偶然ではなかった。彼は、田上良造がそろそろ死ぬのではないかと思っていたのだ。しかし誰にも「いつかこんなことになると思っていました」と言うことはできなかった。怖かったのだ。

京介はいま、田上良造の生の一端に触れた。だがそれだけでは、京介の恐れが完全に消えることはなかった。そして彼には一つ、どうしても気にかかっていることがある。……どうして太刀洗は、自分に新聞記事を見せ、現場写真を見せ、田上宇助に会わせたのか。

訊かずに済ますこともできた。時が経てば、全てはなんでもないことのように過去の話になると予感もしていた。

だが、彼は今日、父親を憎む息子を見た。いま沈黙を破らなければ、自分もああなるかもしれない。京介は最後までためらい続けた。そして太刀洗は、京介の決断をじっと待っていた。

やがて、京介はおもむろに訊く。

「教えてくれませんか。田上さんが『無職』を恐れていたと気づくきっかけは、本当に新聞の投稿欄だけだったんですか」

そうなるのではと思っていた通り、太刀洗はゆっくりと、かぶりを振った。

「違うわ。証言があったからよ」

「やっぱり、聞いていたんですね」

「ええ。あなたが学校に行っている間に、通報者に話を聞くつもりで行ったのよ」

「父は話しましたか」

「全部ね」

田上良造は死の前に、印刷所を営む京介の家を訪ねている。そして彼は、かすれた声でこう言ったのだ。

『自分を雇ってくれ。給料はいらない。ただ、肩書きをくれるだけでいい。自分はもうすぐ死ぬ。だがこのままでは、無職の死になってしまう。それは嫌だ。年寄りに恥を掻《か》かせるな。良心というものがあるのなら、どうか俺に、名を刻む死を』

京介の父親、檜原孝正は、その願いを一蹴《いっしゅう》した。

『馬鹿なことを言うな。帰ってくれ』

田上はあまりに痩せ細り、頰がこけ、呼気には不安を掻き立てる臭いが混じっていた。そこに、何かにつけて隣人に難癖をつける不快な老人の姿はなかった。

「親父は冷たいと思った。確かに田上さんは迷惑な人だった。でも、あんなに弱った人の必死な願いなら、叶えてあげればいいのにと思っていたんだ。喧嘩《けんか》したけど、親父は僕の話を聞かなかった」

「それであなたは、学校の行き帰り、田上さんの家を気にしていたのね」

京介は頷いた。

「僕は……。あの人が死ぬと知っていた。食べ物を持っていくことぐらい、僕にもできたはずなんだ。でも僕は何もしなかった。宇助さんが犯罪者なら……。僕もそうだ」

いきなりのことだった。太刀洗が叫んだ。

「違う！」

あまりに強い響きに、京介はすくみ上がる。太刀洗は京介を真正面から見据え、切々と言う。

「あなたは知らなかった。あなたは医者なの？　違うでしょう。田上を見ただけで、もうすぐ死ぬだなんてわかるはずがない。田上がものを食べられないほど弱っていると知る方法はあった？　知っていたとして、縁もない人に毎日食べ物を持っていくなんて、本当にできたと思うの？」

理屈ではわかっていた。だが京介には割りきることができない。どうしても、あのとき田上の願いを聞いていればという考えが頭から離れない。

「落ち着いて考えて。もし、田上の要求を聞いていたらどうなったと思う？　それで、田上が死んでいたら？　檜原印刷の現役社員が、食うものも食わずに死んだことになるのよ。そんなこと、できるはずがないでしょう！　京介くん、顔を上げて！」

知らず知らず俯いていた顔を、その言葉で持ち上げる。

「あなたのお父さんは、あなたのことを心配していたわ。田上さんに到底受け入れられるはずもないことを言われた。あの人は恐怖のあまり錯乱していたとしか思えない。どう考えても、自分の判断は正しかった。だけど息子は、あなたは、田上さんの最後の言葉から逃れられずにいるようだ、って。あいつはまだ子供だ。切り捨てるということを学んでいない。そう言っていた。

京介くん。人に頼まれたことを叶えてあげたいという気持ちは、大切なものよ。それを持っているあなたは優しい。でも、田上さんの願いは異常だった。人の善意に付け込もうとしていたとさえ言っていいと思う。そんな言葉に、いつまでも囚われていてはいけない。忘れなさい。忘れるしかないのよ」

いつしか京介の目からは涙が流れはじめる。

「できない。忘れることなんて」

田上良造の最期は、檜原京介にとって、名を刻む死となった。太刀洗の表情に、ほんの僅かな間だけ、絶望的なかなしみが表れる。

それが消えると、彼女は最初に会ったときのような、冷たい顔になっていた。

「それなら、わたしが結論をあげる。どうかよく聞いて、そして憶えていて」

低い声だった。そして、魂《たましい》にまで届けようとするように力強かった。彼女は言った。

「田上良造は悪い人だから、ろくな死に方をしなかったのよ」

ナイフを失われた思い出の中に

1

日本の夏は異質だと聞いてはいたが、幾度もなるほどと思わずにはいられなかった。寒いほどに冷房の効いた列車から降りると、湿り気を含んだ熱気がたちまち押し寄せる。息さえ詰まるようなのに、これでまだ時刻は朝なのだ。成田空港で初めてこの空気に触れたときは、これから十日間もこの気候に耐えられるだろうかとうんざりしたものだ。いまはずいぶんと慣れた。人はどんなことにも慣れる。

浜倉駅は、東京駅と比べれば非常に小さな田舎駅だった。もっとも、比べることが間違っているだろう。地理に興味のない子供でも名前だけは知っている東京に対し、浜倉の街の規模はポドゴリツァと大差ない。いや、日本に来るまで名前も知らなかった街が一国の首都と同程度の人口を抱えていることに驚くべきだろうか。

駅舎の中、さして多くない乗客に流されるままに、コンクリート製の階段をいったん上り、次に下る。やがて強い陽光が差し込む出口が見えてきて、私はふと足を止めた。左右それぞれに改札があるのを見て、シャツの胸ポケットからメモを取り出す。記憶力には自信があるが、異国の初めて訪れる街で見知らぬ相手と待ち合わせというのは、やはり少なからず不安なものだった。

8:00 Камакура станица; југ излаз
Мати Татиарап

首を巡らせ、どちらが南か案内を探す。すぐに見つかった緑色の案内板には、親切にも数ヶ国語で答えが書いてあった。

駅を出た私は、日差しに目を細くしながら、思わず唸《うな》った。駅前の風景は、東京で見たどの景色とも違っている。東京は、巨大なモニターや着飾った人の群れが華やかではあったけれど、のっぺりとした白い建物や「現代的」なガラス張りのビルはどれも無表情で、街並みには余裕というものが感じられなかった。街路樹は非常に多かったが、その緑には安らぎよりも、どうしても緑色が必要なのだという強迫観念のような印象を受けたものだ。しかしこの街はずいぶんと違う。目に入る建物は赤レンガや黄色いタイルや焦げ茶色の塗装に覆われていて、歩道は目の覚めるような白、ロータリーに待機しているバスは赤と青の縞《しま》模様に塗られ、これも実に鮮やかだ。日本に来て初めて色彩に包まれた、そんな気分だった。

腕時計を見る。

もうすぐ八時二十分になるところだった。指示には八時とあったので、ほぼ時間通りの到着だ。もしかしたら待ち合わせの相手が先に来ているかもしれないと、駅前の広場を見まわす。この時期、日本は夏の長期休暇に入っている。旅客と思《おぼ》しき、大きな荷物を持った数人連れをいくつか見つけた。日蔭でくつろぐ老人やタクシーに乗り込む労働者もいた。しかし私が捜している人の姿は見られない。

少し早く来すぎたろうか。そう思い再び腕時計に目をやったとき、

「ヨヴァノヴィチさん」

落ち着いた、やや低い声をかけられた。見ると、すらりとして他の日本人女性に比べて背の高い、若い女性が立っていた。黒い髪を長く伸ばし、瞳が見えるほどに色の薄いサングラスをかけている。肘《ひじ》の上ぐらいまでのシャツはシンプルな白で、色落ちしたジーンズもさほど上等のものとは思えない。その肌も、サングラスの色に似て、少し日に焼けているようだった。

すぐにわかった。

「タチアライさんのアシスタントですね。彼女はどこですか」

しかし女性は、サングラスを取ると、言った。少し発音に癖があるが、まずまず流暢《りゅうちょう》と言っていい英語だった。

「いいえ。アシスタントではありません。わたしが太刀洗です」

「まさか」

私は笑った。待ち合わせの相手はこんなに若くはない。だが女性は首を横に振り、肩から提《さ》

げていたバッグから名刺を取り出した。そこには「太刀洗万智」という漢字が書かれていたが、私はもちろん、附記《ふき》されていたアルファベットの方で読んだ。

「マチ・タチアライ……。するとあなたが、本当に」

「ええ、そうです。ようこそ日本へ、ヨヴァノヴィチさん。そして、遠くまでお呼び立てしたことをお詫《わ》びします」

「どういたしまして」

そう応じるが、私の戸惑いが伝わったのだろう、太刀洗と名乗った女性は怪訝《けげん》そうに眉を寄せ訊いてきた。

「何か不審なことでも？」

「いえ……」

私はつい、彼女をじろじろと眺めてしまっていた。視線を外して、

「失礼ですが、あまりに若く見えるので、あなたが太刀洗さんだとはまだ少し信じられないのです」

太刀洗は苦い笑いを浮かべた。

「そういうことですか。若い頃は年上に見られることはあっても、年下に見られることはなかったのですが……」

東洋人は年齢がわかりづらいというが、彼女はその中でも特別なのだろうか。私は、そう思わずにいられなかった。

「私の妹は、あなたは長い髪を大変自慢にしていたと言っていました」

「ええ。もう十五年も前のことですね」

彼女はややわざとらしい仕草で腕時計に目をやった。

「さてヨヴァノヴィチさん。メールでお伝えした通り、わたしにはあまり時間がありません。仕事を終えてからぜひゆっくりお話ししたいのですが、何時にどこにいることになるのか、いまの段階ではわたしにもわかりません。ヨヴァノヴィチさん、あなたは今日、何か他の予定をお持ちですか?」

私は首を横に振る。

「今回の来日は極めて厳しいスケジュールで進んでいますが、今日一日は私の時間です」

「わかりました。ところで、日本には何日ぐらいの滞在ですか」

「あと五日間です」

「五日間しか残っていないのに、一日を使えるのですか」

「そうですが……」

「どうも、資本主義に不慣れなようですね」

これは彼女なりのジョークだったのだろうが、あまり面白くはない。私は肩をすくめた。

「これからこの街の観光をゆっくり楽しんでいただき、夕方に連絡を取り合って合流するのがいいかと思いますが、どうされますか?」

私はほとんど迷わなかった。

「あなたの仕事の邪魔にならないのでしたら、一緒に行ってもいいですか?」

その提案に、太刀洗は少し、驚いたようだった。

「構いませんが……。あまり愉快なことにはならないと思いますよ。貴重な時間ですから、観光なさった方がいいのでは?」

「いいえ」

かぶりを振る。

私は現在、あるイタリア系企業のために働いている。以前は政府機関で働いていたのだが、いまとなっては仕方がない。日本に来たのはその仕事のためだが、この街に来たのは、太刀洗女史に会うために他ならなかった。

彼女は私の妹の友人だった。私の妹は日本にいる間に数人の日本人と友人になったが、中でも彼女のことは特に面白いと評していた。私にとって、彼女に会うことは来日の目的の一つであると言っていい。

本当なら東京で会えればよかったのだが、どうしても女史の都合がつかなかった。彼女はメールで、「もし本当にわたしに会いたいと思ってくださるなら、八月七日に浜倉という街まで来ていただけますか」と提案してきた。私はそれを受け、やって来た。この街には観光に来たわけではないのだ。

私の意志がはっきりしていることを見て取ったのか、太刀洗は重ねて念を押すことはなかった。踵《きびす》を返しながら、彼女は言った。

「わかりました。では行きましょう、ヨヴァノヴィチさん」

私は頷《うなず》き、彼女の後についた。

私たちは駅前で客待ちをしていたタクシーに乗り込んだ。短い言葉で、太刀洗が行き先を指示する。

しかし、髪に白いものの交じった運転手はこちらを振り返りもしないまま、日本語でなにやらぼそぼそと呟《つぶや》いている。それに対し太刀洗は、断言するような言葉を二言三言投げつける。やり取りの中で私が聞き取れたのは、「バイパス」という言葉だけだった。

車がゆっくりと動き出す。シートに深く体を沈み込ませた太刀洗に訊いた。

「どうしたんですか?」

「大したことではありません。事故があったそうなので、別の道で行くよう言っただけです」

駅前は車の量も多く、私たちのタクシーは早速、信号待ちの長い列につくことになる。私は彼女と、妹の日本滞在中の話をするつもりでいた。しかし彼女が仕事をしている間は、その邪魔をするべきではないだろう。

太刀洗はあまり表情が豊かでなく、一見すると怒っているのかとも思える。もし私が彼女について何も知らなければ、彼女を不快にさせたのかと思って戸惑うか、それとも日本人全般について誤った認識を抱いてしまったことだろう。しかし私は、妹にこう聞いていた。太刀洗女史の表情が乏しいのは彼女の癖のようなもので、実際は非常に鋭い感性を持った人間なのだ、と。彼女の素っ気《そけ》なさには、彼女の友人たちでさえ戸惑ったのだとも聞いていた。十五年経って、太刀洗女史がどう変わったかは知らない。しかし少なくとも、にこりともしないところは、聞いた通りだった。

信号が青に変わる。タクシーが道を曲がると、音声案内が流れ出すように、太刀洗が滑らかに話し出した。

「この街は二方向を山に囲まれています。残る二方向も海に面していて、非常に守りやすい地形になっています。そのため、日本の内乱時代、大体十六世紀ぐらいには、有力な戦士の一族がこの街を本拠地としました。いまではその一族の名残《なごり》はほとんどありませんが、当時から残っている神殿が非常に有名です。現在わたしたちが通っている道はこのまま真っ直ぐ、その神殿まで通じています。祀られているのは八幡《はちまん》という戦いの神ですが、わたしたちはあまり戦いに関係なく、神殿を訪れます。

神殿には人々の願いを込めた供物《くもつ》がたくさんあります。最も大量に納められるのは絵馬という神聖な絵が描かれた板で、非常に安価なものです。その神殿はこの街の住民の心の拠《よ》り所と紹介されることが多いのですが、実際にはそれほど信仰心のある者は多くありません」

私は驚いた。なぜ太刀洗がこのような説明を始めたのかわからなかったからだ。が、前を向いたままの彼女の横顔を見て、だんだんとわかってきた。私は言った。

「太刀洗さん、街の説明はいりません。妹はたぶんそういったことに興味を示したと思いますが、私が日本に来たのはビジネスのためで、この街にはあなたに会いに来たのです」

「……そうですか」

「それと」

ちらりと、太刀洗が私を見る。私はおどけてみせた。

「私が退屈しているのでは、などと心配しなくて構いませんよ」

太刀洗は初めて、少し口許《くちもと》を緩《ゆる》めたように見えた。

いま太刀洗が紹介した道を、タクシーはすぐに逸《そ》れることになった。X字形の大きな歩道橋がある交差点を曲がる。

片側三車線の広い道路だ。まともに走れないというほどではないが、かなり混雑している。

「車の量が多いですね」

「ええ。これが中央通り。この街の大動脈です。さっき通過した歩道橋のある交差点は、神殿への道と中央通りが交わるところです。朝夕は大変な交通渋滞《じゅうたい》になります」

私はふと、疑問を覚えた。

「太刀洗さん、ずいぶんこの街に詳しいようですね。あなたはこの街に住んでいるのですか」

「わたしが？　いいえ」

「でも、この街の出身でもないでしょう」

「わたしの出身地はヨヴァノヴィチさんもご存じでしょう。この街ではありません。この街には何度か、仕事で来ているのです」

「仕事？」

太刀洗は頷き、ふと車窓の外に目をやった。私もつられて見ると、ねじれた円柱のような形の、風変わりで大きな建物があった。

「あれは」

「市役所です。このあたりは警察署や裁判所などが集まっていて、街の心臓部になっています」

タクシーが風変わりな市役所の横を走り抜けると、太刀洗は首を巡らせて私を見た。彼女の東洋的な容貌が、私を量るように見つめた。

「そうですね、今日一日一緒に行動するのですから、わたしがどういう仕事をしているのかお話しした方がいいかもしれません。聞いてくれますか?」

「もちろんです」

「では、少し長くなりますが、目的地に着くまでの時間つぶしにはちょうどいいでしょう。わたしがこの街を最初に訪れたのは、大学図書館で発生した火災の調査のためでした。わたしの友人に研究者がいるのですが、彼によれば、その図書館には極めて貴重な古文書があったといいます。この街にとっても、ある種の学者にとっても、あの火災は大きな損失でした」

「破壊によって記憶装置が失われることのかなしみは、私も理解できるつもりです」

私がそう言うと、彼女は僅《わず》かに目を伏せた。

「……そのかなしみについては、あなたの方がより深くご存じでしょう」

運転手が何かを言った。私は彼も英語を理解し、私たちの会話に言葉を差し挟んだものと思ったが、違っていた。ぼそぼそとした声で太刀洗と運転手は言葉を交わし、その結果か、タクシーは細い路地へと入っていく。

ちょうど車一台分ほどの幅しかない路地を、運転手はなんら危なげなくタクシーを走らせていく。窓ガラスを掠《かす》めそうなコンクリート製の電柱に内心ひやりとしながら、私は訊いた。

「するとあなたは、もしかすると、保険会社で働いているのですか?」

太刀洗の目が、大きく見開かれた。

「失礼、どことおっしゃいましたか?」

「保険会社」

彼女はふっと口許をほころばせ、これまでの冷ややかな表情とは全く異なる、とても人間的な笑みを浮かべた。なるほど、と私は思った。妹は太刀洗女史のこういう顔を見て、彼女が好きになったに違いない。あたたかな笑みは束の間だけで消え、太刀洗は自らの感情の表出を羞《は》じるように、殊更《ことさら》に真面目に言った。

「いいえ、違います。あなたの推論にはすじが通っていますが、わたしは保険の仕事をしてはいません。わたしの仕事はもっと……」

彼女の流暢な英語が、一瞬乱れた。私は彼女の発音を上手く捉えられなかった。

タクシーは曲芸のように鮮やかな運転で路地を通り抜け、少し広い道へと戻ってきた。

「ヨヴァノヴィチさん、お話しする機会がなかったことをお詫びします。わたしの職業は、記者です」

いつの間にか、タクシーがその速度を緩めていた。学校と思しき建物の前で停まり、太刀洗が金を払って私たちはタクシーを降りた。再び暴力的な暑さが襲いかかってくる。

太刀洗は私と目を合わせようとせず、タクシーが走り去った道の先を、じっと見据えていた。

「六日前、十六歳の少年が三歳の女の子を刺し殺す事件が起きました。わたしはその事件のことを調べ、記事を書いて雑誌に売るつもりです」

そう言うと、太刀洗は目だけをちらりと私に向けた。

「あまり愉快なことにはならないと思いますよ。貴重な時間ですから、観光なさった方がいいのでは？」

2

時を追って、日差しはますます強くなる。

彼女が観光を勧める理由はほぼわかった。しかし子供による子供殺しは、確かに悲劇的ではあるものの、珍しいことではない。私は、自分が悲惨な事件に耐えられないほどセンシティブではないことを説明した。彼女は「わかりました」と言って歩き出した。

しばらく、お互いに黙ったままアスファルトの道を歩く。不意に太刀洗が言った。

「事件のことを説明しましょうか？」

どちらでもよかったのだが、これから一日彼女と行動を共にするのに、その行動の意味がわからないのは愉快ではない。

「お願いします」

頷いた太刀洗の話し方には、もったいぶったところがなかった。

「わかりました。この事件は扇情的《せんじょうてき》で非常に注目を集めていますが、単純だと思われています。殺されたのは松山花凜《まつやまかりん》という女の子です。彼女は母親と二人で小さなアパートの一階に住んでいました。母親は二十歳で、松山良子《よしこ》といいます。つまり、良子は花凜を、十七歳で出産したことになります。逮捕された少年は、日本国内の法に従って、名前が報道されていません。しかし無名ではあなたにお話しするのに不都合ですから申し上げますと、彼の名は松山良和《よしかず》といいます。ところでお気づきかもしれませんが、死んだ子の母親である良子と、逮捕された良和は姉弟です。つまり死んだ花凜と良和との関係は、姪と叔父ということになります。

事件が起きたのは八月一日の夕方で、現場は良子が住むアパートの部屋です。事件は低い生垣を挟んで建つ向かいのアパートの住人によって目撃されていました。その目撃者は年老いた女性ですが、先日会って話した印象では、目も頭もはっきりしていると思います。

目撃者は事件当日、男の大声に気づいて、向かいのアパートを見たそうです。窓越しに見えたのは胸をはだけた花凜と、彼女にまたがっている良和で、彼は花凜にポケットナイフを突き立てていました。後にわかりましたが、花凜の刺し傷は十ヶ所を超えていました。ただし、死因は最初に加えられた心臓への一突きだと見られています。目撃者の証言では着ていたはずのパジャマの上着は、警察が到着したときにはなくなっていました。良和が持ち去ったものと見られています。

目撃者は、自分と良和の目が合ったとも証言しています。直後に良和は部屋を逃げ出し、翌日、魚市場付近で発見されて警察に追跡されるも逃亡に成功、さらにその翌日に浜倉八幡宮、つまり神殿に潜《ひそ》んでいるところを捕まりました。血のついたナイフを持っていて、その血は花凜の血液型と一致しました。

良子の供述によれば、彼女が自分のアパートの合鍵を渡したのは良和だけです。彼は自分の犯行を認めています。もしわからないことがあったら訊いてください」

太刀洗の説明は極めて明瞭《めいりょう》で、よくまとまっていた。彼女がこの事件になんら思い入れを持っておらず、日常的な業務の一つとしてそれに携わっていることを窺《うかが》わせる。

私は少し考えた。

「確かに、非常に単純な事件のようです。目撃者がいて、犯人は逃亡し、そして逮捕されている。……もちろん最大の疑問は、なぜ彼が殺人を犯したのか、です。ですがそれについては、あなたが後で説明してくれるでしょう。いま私が訊きたいのは三つです。まず、その良子と良和の両親はどうしているのですか」

返答は迅速だった。

「母親は死亡しています。父親は生きていて、良和と一緒に住んでいます。父親自身に定職はありません。彼自身の最も安定した収入は、以前は良子の財布から、現在は良和の財布から得られていたようです。良和はいくつかのアルバイトを掛け持ちしていました」

「なるほど。では二つ目をお尋ねします。死んだ子供の父親はどうしているのですか」

「不明です。行方不明なのではなく、誰が父親なのか不明なのです」

「よくわかりました。では最後に。……その事件があったとき、母親である良子はどうしていたのですか」

太刀洗は私に顔を向け、僅かに頷いた。

「それは極めて重大なポイントです」

心なしか、彼女の歩みが緩やかになる。

「事件があったのは夕方と言いましたが、もう少し正確には午後七時前です。まだ日は沈んでおらず、あたりは夕焼けで、かなり明るかったはずです。良子は当日の行動について、こう供述しています。

五時頃、彼女の娘である花凜が眠りに就《つ》いたので、涼しい場所に移しておいてから買い物に出かけた。その際、花凜のおやつとして西瓜《すいか》を切って置いていきました。西瓜は、わかりますか？」

「ええ」

「玄関の鍵はかけていた。買い物から帰ってきたところ、既に彼女の住まいは警官によって封鎖されていた……。帰宅の時刻は八時半です」

「八時半？」

私は思わず声を上げた。

「三歳の娘を一人で部屋に残して、三時間半も買い物に行っていたのですか?」

「良子の供述によれば、そうです」

「いったい彼女は何を買いに出かけたのですか」

「夕食の食材だと供述しています」

いったい誰がそんなことを信じるだろう! それとも彼女のアパートは、食べ物を買うのに数時間もかかる僻地《へきち》にあるとでもいうのだろうか。あるいは、この街では食料は配給制だとでも? 私の渋面《じゅうめん》を見て、太刀洗は小さく溜め息をついた。

「これは事件直後の供述です。今頃は警察も、別の情報を引き出していることでしょう。ですが残念ながら、そういった情報がわたしのような者に伝わるには、少々の時間と手間と、時に費用が必要なのです」

「あなたは、その時間に良子が何をしていたと思いますか?」

太刀洗は慎重だった。言葉を選びながらゆっくりと、

「さあ……。ただ、帰宅時の彼女は酩酊《めいてい》していたといいます。それと、現場には切り分けられた西瓜が一玉分手つかずで残っていました。一般論として、三歳の子供のおやつとしては、異常な量だとは思います」

西瓜というのは、バレーボールぐらいのサイズはある。若い頃ならともかく、いまでは私も、丸々一個は食べられないだろう。

気づくと私たちは、雑然とした印象が拭《ぬぐ》えない街並みの中に立っていた。駅前の原色的なカ

ラフルさに対し、いま私が見ているのはコンクリートの灰色、色褪《あ》せたアスファルトの黒、そして錆《さび》のような赤茶色だった。いくつかのアパートが立ち並んでいるが、あるいはその屋根が赤茶色で、あるいは二階へ続く鉄の階段が赤茶色だった。一軒家もいくつか見受けられ、どの家もコンクリート塀に囲まれている。それは外敵から家を守るものというよりも、家を狭いスペースに押し込める型枠のように思われた。

あたりに人の姿はなかった。が、一つ角を曲がると、なんら個性のない二階建てのアパートの前にだけ数人の人だかりがあった。その中には水色のシャツを着た男もいて、私はそれが日本の警官の制服だと知っていた。太刀洗は言った。

「同業者がいますね。少しお待ちください。写真だけ撮って、すぐに戻ってきます」

「というと、あの建物が?」

「そうです。良子と花凜が住んでいたアパートです」

そして太刀洗は、バッグから小さなカメラを取り出すと、問題のアパートへと歩いていく。私は言われた通りに、少し離れた場所で彼女を待っていた。悲劇の現場に興味はなかった。照りつける太陽の下、最も適切な場所を選ぶためアパートの周辺をうろうろする太刀洗女史の姿を、私はじっと見ていた。

既視感《きしかん》を覚えた。私は、ああしてカメラを手に街をうろつく人々を、何度も見たことがあった。

もっとも、私が見た者たちが撮ろうとしていたのは、幼児殺しの現場ではなく廃墟だった。

手にしていたのも、あのような小さなカメラばかりではなく、大きな望遠レンズをつけたものだったり、あるいは肩に担ぐテレビカメラだったりした。非常に多くのカメラ所有者が私の街を訪れ、そのほとんどが私たちを糾弾《きゅうだん》しようとする意図を持っていた。私もマイクを向けられたことがあった。「あなたたちの間違った行為についてどう思いますか」と問われた。私は確か、ここらではよくあることですよ、と答えたと思う。その映像がどこかの国のテレビで使われたかどうか、私は知らない。

こうしたことをふと思い出すのは、私にとっては日常的なことだ。そしてそれらは過ぎ去ったことであり、いまや私に痛みを与えることはない。それはちょうど太刀洗女史が、彼女の仕事の対象である悲劇に痛みを覚えないように。

ただ、とても暑かった。

その暑さが耐えがたいものになる前に、太刀洗は戻ってきた。カメラをバッグにしまいながら、

「お待たせしました」

「用件は済みましたか」

はい、と言いかけて太刀洗は、

「いえ、もう一つありました」

とバッグから何か小さなものを取り出した。ちらりと見ると、それはどうやら方位磁針だった。彼女はそれを宝石を扱うように手の中に包み込み、目の前のアパートと、赤白に塗り分け

られた針とを見比べている。

「玄関は、ほぼ正確に東を向いています」

　それは独り言かと思ったが、太刀洗が独り言を言うとしたら、それは当然日本語であるはず。つまり彼女は、仕事の最中にも私に気を遣ってくれているのだ。

「あのアパートの見取り図は調べてあります。玄関から台所を通り、唯一の部屋まで一直線の構造です。玄関と正反対の位置に、物干し場に出るガラス戸があることになります。良和はそのガラス戸越しに、自らの犯行を目撃されています」

　私は訊いた。

「それがわかると、どうなるというのですか」

「当日の天候は終日快晴でした。目撃者が見た良和は、夕日に照らされながら、花凜に自分のナイフを突き立てていたことになります。目撃者の女性の視界は、赤く染まっていたことでしょう」

「すると?」

　太刀洗は事も無げに答えた。

「そうした細かな描写を積み重ねることにより、より読者を興奮させる記事を書くことができます。原稿の単価には影響しませんが、評判を得れば、次の仕事を得やすくなるでしょう」

　私たちは再びタクシーに乗っていた。この街は狭い道が多い。太刀洗が語ってくれた通り、古い街なのだろう。車体から数センチの距離を電柱が掠めていくのを見ながら、私は訊く。

「ところで太刀洗さん。あなたはなぜ、記者になったのですか?」

彼女は突然の質問に戸惑ったようだ。

「ずいぶん前のことですから、忘れてしまいました」

道は込み合っていて、なかなか進まない。建築資材を満載したトラックが道路を塞《ふさ》ぎ、ずっと右折のタイミングを計っている。黒で統一された車内は涼しいが、車外との気温の差が大きすぎ、それは私にとってあまり愉快ではない。

「あなたは先ほど、私が資本主義に不慣れだと言いましたが……」

「ええ」

「どうやらその通りです。私にはどうも理解できないことが多い。たとえば、あなたの仕事もその一つです。太刀洗さん。あなたはどのようにして、ご自分の仕事を正当とされるのですか?」

彼女は私の問いに軽々しい答えは返さなかった。きゅっとくちびるを結び、黙って考え、しかし最後にはかぶりを振る。

「正当かどうか、という質問は大変重いものです。……わたしは、調べることが好きで、人より上手でもあります。それを生活の手段にしているだけで、正当と思ってしているわけではありません」

その言葉を、私はそのまま受け取ることはできなかった。おそらく、そこには言葉を超えた、なんらかの微妙なニュアンスが含まれているのだろう。しかし私と彼女とでは文化的な背景が違いすぎ、また私たちは共に、英語で話している。母語ではない言葉はほとんどの場合、心を伝えるのに充分な道具とは言えない。

「少なくともあなたは、自分が正しいとは言わない。本当にそう思っているのか、それとも何か別の理由があるのですか。……わかっていただけると思いますが、私はあなたやあなたの職業を批判しているわけではありません。ただ、本当に理解が及ばないのです。そのような仕事を遂行《すいこう》できる理由が。失礼ですが、誰しも家の中を覗《のぞ》かれるのは嫌なものだ。しかしあなたの仕事は、言わば、それそのものではありませんか」

「その見解は」

太刀洗の声は、非常に落ち着いたものだった。

「あなた自身の経験と関係しているのですか」

「あるいは、そうかもしれません」

「ヨヴァノヴィチさん、もしそれがあなたの負担にならないのであれば」

彼女は私の目をじっと見つめていた。

「その経験を話していただけますか」

「……あなたにとって、愉快な話ではないかもしれませんよ」

「構いません」

こちらから切り出したい話ではないが、乞《こ》われたのであれば拒《こば》む理由はない。話をまとめる時間は必要なかった。それは昔の話で、既によく整理された体験だ。私はシートに深く身を沈め、語り始める。

「あなたも知っている通り、私の国は焼かれました。

あの戦いについては多くの見方が存在します。あれほど多くの死を正当化しうる論理も、どこかには存在していました。しかし私に言わせれば、あれは、ごろつきの縄張り争いに過ぎなかった。通りの名前さえ知らない傭兵《ようへい》たちが、祖国を守ると主張するのを何度も見たのです。

そして、あなたの同業者も数多く訪れました。西ヨーロッパから、アメリカ大陸から、もちろんアジアからも。私は最初、彼らは私たちを助けてくれるのだと思っていました。私たちの歴史がもたらしてしまった結果を世界に伝え、公平な平和を取り戻す手助けをしてくれるのだと。……しかしそうではないのだと、すぐにわかりました。

彼らは、私の国の三人のごろつきのうち、一人だけが間違っていると考えていました。もちろん、それは真実ではありません。三人はみな多かれ少なかれ間違っていて、そして全員がごろつきだったのですから。私は、あなたの同業者たちが誤解しているのだと思っていました。真実はいずれ自然と明らかになるものだ。それが神の摂理《せつり》だと。

しかしそれは、残念なことに、あまりにロマンティックな考え方でした。彼らは最初から、一方を悪人と証明するために来ていたのです」

太刀洗は身じろぎもせずに聞いている。

「彼らは、結論をあらかじめ用意していました。そうと知っていれば、もっと上手く話すことができたのですが。

……私たちを助けてくれたカナダ人がいました。彼は国連旗の下で私たちのために命を危険に晒《さら》し、あらゆる情報が制限された中で可能な限り公平であろうとし、そして私たちに食べ物と燃料を届けてくれました。彼は私たちの友人でした。しかし彼にとって不幸だったのは、あなたの同業者たちが用意していた結論を知らなかったことです。そのカナダ人は公平であろうとしたために、不公平と罵《のの》られ、あなたたちに破滅させられました。……失礼。彼らに、です。そういう仕事なのだと理解することはできます。しかし、どうしてもわからないのは、そうした仕事をどうすれば正当とし、誇りとすることができるのか、ということなのです」

話を終え、私は口を閉じる。太刀洗はしばらく何も言わず、表情も動かさず、まるで私の話を聞いていないようでさえあった。

長い沈黙の間にタクシーは走り続け、気づくと先ほどと同じ、広い道に入っていた。車窓の外はよく晴れている。

やがて、太刀洗は静かに言った。

「わたしが調べている事件の、最も注意を要する部分をお話しします。それが、わたしからあなたへの回答です。……聞いていただけますか」

私は黙って頷いた。彼女はバッグの中から、端をクリップで留めた数枚の紙を取り出す。

「これは、松山良和の手記です」

上手く翻訳できるといいのですが、と呟いてから、彼女はそれを読み始めた。

3

この文章を書いたのは私、松山良和です。私は自分の意思でこれを書きます。私は完全に正気です。精神鑑定の結果も、私の正気を裏づけてくれるはずです。

松山花凜を殺したのは私です。

あの日は大変に暑く、脳が溶けてしまいそうなほど不愉快でした。アルバイトが休みだった私は、畳に敷いたタオルケットに体を投げ出し、一日中うとうととしていました。何度も、冷房の効いた場所に出かけようと思ったのですが、外よりも家の中の方がまだ涼しいような気がしたこと、全くお金を持っていなかったことから、出かける気になれずにいたのです。

夕方になって、ふと、こんなに暑くては花凜が心配だという胸騒ぎを感じました。花凜はまだ幼いのに、姉はときどき花凜を置いて家を空けることがあるからです。姉の家にもエアコンはありません。私は様子を見に行こうと思いました。

警察に何度も確認されましたが、最初から殺そうと思っていたわけではありません。気が向いたときに姉の家へと足を運ぶのは、よくあることだったのです。私は事実上、姉の腕の中で育ちました。彼女が子供を生み別の家に住むようになってからも感謝の気持ちは変わらず、足を向けて寝ることができないと思っています。その娘を殺す計画を立てるなど、考えられないことです。

私の足は自転車でした。途中、知っている人には誰とも顔を合わせませんでした。アパートの部屋には鍵がかかっていて、呼んでも返事はありませんでしたが、姉の留守に上がり込むこともしばしばあったので、その日も私は勝手に中に入りました。心配していた通り、とても暑い部屋に花凜が一人だけで眠っていました。扇風機は回っていましたが、ほとんど効き目はなさそうでした。花凜はとても暑そうで、眉を寄せてうなされていました。私は彼女をかわいそうだと思い、少しでも涼しくしてやりたいと思いました。カーテンを開けましたが、西日が眩《まぶ》しくて、涼しくしてやる方法を思いつきませんでした。気づくと花凜はひどく汗をかいていました。

私は花凜の上着を脱がせました。これも警察に何度も何度も何度も訊かれましたが、私は彼女に性的な暴行を加える気は全くありませんでした。そう思います。あまりに何度も訊かれたので、私も私がどういうつもりだったのか、いまではよくわからなくなってきました。たぶん、そんなつもりはなかったのだと思います。

服を脱がせたとき、眠っていた花凜が目を覚ましました。そして、私を認識すると、非常に激しく泣き出しました。私は困惑しました。花凜に、私が松山良和であると知らせようとしました。それでも花凜が泣き止む様子を見せなかったので、私はそう名乗ることが大変嫌いだったのですが、おじさんであると何度も伝えました。しかし花凜は、聞き分けなく泣き叫ぶばかりでした。

私は次第に腹が立ってきました。いったいこれは、なんという手に負えない生き物なのだろうと思いました。だいたい、姉はまだ自分の時間を自分の思うように使っていい年頃なのです。彼女は私を暴力から守り、貧困から守ってきました。家族というのが人間にとってある目的を持って機能する道具であるとするならば、姉にとってそれは常に故障したものだったのです。ようやく私が、不充分とはいえなんとか自分の足で立てるようになり、彼女が彼女自身の時間を生きられるようになったというのに、今度は花凜が彼女の足にしがみついているのです。私は、花凜がかつての私の位置を占めていると感じました。

泣きわめき続ける花凜に対し、私は突然、激しい憎しみを感じました。私はポケットからナイフを取り出しました。道具というのは人間を拡張してくれます。ナイフは私の手の機能を拡張してくれます。それはとても心強いことで、私はいつもナイフを持ち歩いています。それを実際に振るったことはありませんでしたが、そうしてみると、刃物は確かに私の手よりもずっと効率的でした。たった一突きで、花凜は自分の体を離れ、大きく拡散していったようでした。

警察には、脱がせた服をどうしたかと訊かれました。私はその服がどのようなものだったかよく憶《おぼ》えています。子供でも着脱しやすいようなボタンの大きい、薄手のパジャマでした。しかし、私はそれがどうなったのか知りません。私が大動脈を十字に断ち切るそのときまで、それは確かにあったと思うのですが。

私は、一回ではとても不安で、何度も何度も花凜を刺しました。それは非常に息苦しく、身を切られるような体験でした。知らないうちに私は叫び声を上げていました。向かいの建物に住む女性と目が合ったのは、そのときだったと思います。あのひとには悪いことをしました。見たくもないだろうものを見せてしまったからです。

花凜に対して生じた怒りは、急速に消えていきました。それは明らかに、耐えがたいほどに恐ろしい行為でした。何もかも振り捨てて、脇目も振らずに逃げ出したくなりました。

最後に刺した場所は、よく憶えています。花凜の命を奪った刃物を最後にどこに突き立てようか、私は迷ったのです。最初は胃にと思ったのですが、それはできませんでした。結局私は、それを頭に刺しました。全ての思い出を失ってしまった脳を刺せば、私の行いも全て消滅するのではと思ったからです。そのとき私は本当にそう考えたのです。私の発想が異常なものであるかどうかは、精神鑑定をする医師が判断してくれるでしょう。

私は姉の家から逃げ出しました。隣人に見られた以上、すぐにでも警察が来ると思いました。私は怖かったのです。来るときに乗っていた自転車で、非常に急いで逃げました。そして私は、心の中へと逃げ込みました。誰かが迎えに来るのを待っていたのですが、結局、私を迎えたのは警察でした。

これが、私の身に起きた全てのことです。私は、完全に自分の意思で、これを書きました。願わくば誰かが、私を理解してくれますように。

「ところで」

と太刀洗が言った。

「松山花凜の致命傷からは、繊維《せんい》が発見されています」

4

私たちは、大きな交差点のそばにあるレストランに入った。この場所には見覚えがあった。確か、神殿への道と中央通りとが交わるところと説明された場所だ。窓ガラスの外の道路は、いまのところ、特に混雑している様子はない。

「この街の近くには良質の漁場があるため、魚がおいしいのです」

と太刀洗は教えてくれたが、この店のランチメニューには魚料理はなかった。そのことを指摘すると、太刀洗は悪びれもせずに言った。

「いまは季節がよくありません。もう少し後になれば、非常においしい魚が豊富に獲れるのですが」

「それは残念です」

「ヨヴァノヴィチさん、魚料理はお好きですか」

「ええ」

私は微笑《ほほえ》んだ。

「私の国はアドリア海に面していますからね。イカがおいしいですよ。世界的にはイタリア料理の方が有名かもしれませんが」

何か言いかけたところで、太刀洗は言葉を呑み込んだ。そうですね、とは言いかねたのかもしれない。代わりに言ったのは、

「この街の胃袋と言われるような大きな市場があるのですが、そこに行けばこの季節でも、おいしい魚が食べられたかもしれません」

ということだった。私は笑ってかぶりを振った。

「本当は、肉も大好きなのです」

結局私は、オックステールのワイン煮込みを注文した。太刀洗女史はタンシチューを頼んでいた。どうやら醬油を用いているらしい味付けは私にとっては新鮮で、総じて、料理は申し分なかったと言える。だが話題になったのは、昼食の席にあまりふさわしいとは思えない、血なまぐさい殺人事件だった。

「あの手記は広く公開され、松山良和の異常性を示すものとして、現在この国で大変有名になっています。わたしの翻訳で細かなニュアンスが伝わったか非常に心配しているのですが、あの文章は極めて冷静な日本語で綴られていました」

私は頷いた。

「その点については、よく伝わってきました」

「ありがとうございます」

「ところどころ、比喩が理解しがたかったですけどね。胸や、足や……」

それから私たちはしばらく食事に専念した。

もちろん、私は太刀洗女史の答えに満足していなかった。

特に回答を期待したわけではなかったが、私は彼女に問いかけ、彼女は私に対する答えとして殺人犯の手記を読んだ。しかしそれは全く不充分なものとしか思えなかった。なぜ彼女がそれを私に聞かせたのか、その意図は依然として不明だった。

ただ私は、意図を説明するよう彼女を急かすことはやめておいた。確かに私は彼女の同業者に手ひどい裏切りを受けてきたが、彼女までを無責任な人間と断じる理由はどこにもない。いや、妹の名誉にかけて、私は彼女が誠実であることを信じているのだ。

太刀洗が続きを話したのは、彼女がサラダもタンシチューも、やや粘り気の強いライスも片づけ、テーブルの上に食後のコーヒーが二つ並んでからのことだった。それは非常に薄いコーヒーだったが、私はこの日本風のコーヒーにも既に慣れていた。

「これほど有名になったにもかかわらず、この手記の出所ははっきりしません。ですが、ほぼ間違いなく、警察の人間からの意図的なリークだと思われます。松山良和の精神状態に異状はなく、しかしその人格は極めて異常で、従って彼は通常裁判によって裁かれる必要がある……。現在、この国の世論はその方向に傾いています。それはあるいは、この手記をリークした人物の狙い通りかもしれません」

「通常裁判？」

「ああ……。すみません。この国には少年審判という制度があるのです」

彼女はこの国の裁判制度について手短に説明してくれた。それは理解しがたいものではなかった。子供には子供のための裁判をという考え方はよくわかる。

ふと、太刀洗の視線が窓ガラスの外に向いた。絶え間なく走る車と、巨大な歩道橋と、そこに掲げられた日本語の看板と、圧倒的な太陽の光が見えた。先ほどまでの耐えがたい暑さを思い出した。不快な環境は、必然的に人間性を低下させるものだ。

続く言葉を、おそらく太刀洗は、それまでと同じトーンで口にしようとしたはずだ。しかしその努力は失敗だったと言わざるを得ない。

「……現在彼は、そのプライベートの全てを暴露されようとしています」

「あなたたちによって?」

この質問には意地の悪い気持ちもなくはなかったが、太刀洗は外を見たままで言いきった。

「そう、わたしたちによって」

たとえば、と言いかけて、太刀洗は目を戻し、

「ヨヴァノヴィチさんは、『おたく』という日本語をご存じですか」

聞いたことがあるような気はした。しかし、私は太刀洗女史との会話が繊細にして微妙な段階に入っていることを感じていた。こういうとき、よく知らない語彙《ごい》に、さも通じているかのような態度をとることは容認されるべきではない。私は首を横に振った。すると太刀洗は、なんとも言いがたい穏やかな微笑みを浮かべた。

「それはよかった」

「なぜです？」

「使った方が簡便に事態を伝えられますが、使わない方がわたしにとっては気分がいいのです。この語彙はラベリングの力が強すぎます。松山良和は、つまり、ある種の少数派の趣味を持つ人間だったのです。それは必ずしも性倒錯と直結するものではありませんが、なんらかの関連があると受け止められることは少なくありません」

「私はその趣味について、たぶん知らないのですが」

太刀洗の邪魔にならないよう、私は注意深く言葉を挟んだ。

「それはおそらく、複数の文化圏で非常にしばしば見受けられる、普遍的な偏見ですね」

彼女は頷いた。が、少し口許を緩めて、

「もっとも、完全にただの偏見と言いきれるかどうか、わたし自身はっきりしないところがあるのですが……。本能を刺激しない趣味などあり得るのでしょうか？」

「それについては、私もビジネスの一環として研究してみますよ」

私は苦笑した。太刀洗は小さく頷くと、無表情に戻った。

「とにかくそういうわけで、松山良和の部屋にはどんなものがあったのか、彼の本棚にはどんな本が並んでいたのか、全て晒されました。冷静に見てそれらは並外れて大量でも特別に異常なものでもなかったのですが、彼の趣味と犯罪は結びつけられました。

多くの人々が、彼を嗜虐的《しぎゃくてき》な幼児性愛者だと信じているでしょう。そして、それが殺人の動機の根幹にあると考えているはずです。わたしたちがそう伝えたからです」

「なるほど」

「こうして、彼に対する包囲網は完成しました」

太刀洗はコーヒーカップを持ち上げ、軽くくちびるに当てた。私も自分のコーヒーカップに手を伸ばしかけたが、

「ですが、警察はまだ、事件を検察に委《ゆだ》ねていません」

その言葉に、手が止まった。

「……繊維が見つかったからですか」

「それも理由の一つです」

被害者の傷から繊維が見つかった。

それは、被害者が服を着た状態で刺されたことを意味する。そしてそれが事実だとすれば殺人犯の手記とは矛盾することに、私は気づいていた。

手記によれば、幼くして命を絶たれた被害者は、服を脱がされた後で泣き叫び、殺されている。であれば、刺された時点で彼女は服を着ていてはならない。

それだけであれば、犯人の異常な記述、あるいは虚偽、錯誤だと言えたかもしれない。しかし私は憶えている。彼の犯行を目撃した人物は、彼が胸をはだけた被害者にまたがっていたと言っているのだ。

従って、起きたことはこうなる。良和は服を着た被害者の心臓を刺し、このときに繊維が傷

口に入り込む。そして良和は、ナイフを抜き、絶命した幼な子の胸をはだけて、改めて彼女にまたがり、十回以上刺したのだ、と。

きわめて奇妙なことだ。そして法の支配を受け入れている国では、奇妙なことが残っているのに捜査を終えるのは好ましくない。いちおうは、そういうことになっている。

そこまで考えて、私は太刀洗女史の一貫した冷静な態度の理由を悟った。

「あなたはどこに問題があるか、わかっているのですね？」

しかし彼女は、

「問題？」

と訊き返す。その声に、少しうんざりしたような色が混じったようだ。

「問題は、この手記が公開されたことです。……より正確には、加工されないまま公開されてしまったことが問題です」

私は、彼女が何を言おうとしているのかわからなかった。

「加工？」

「ええ、そうです」

手記の入ったバッグを軽く叩いて、

「これは、松山良和本人が書いたものに間違いないでしょう。被疑者の肉声です。そしてヨヴァノヴィチさん、情報を取り扱う上で最もやってはならないのは、当事者の言葉をそのまま伝えることです。先ほどあなたは、真実はいずれ自然と明らかになる、と言いました。ですがあなたもお気づきのように、それはあまりにロマンティックです。真実とは、そうであってもらわねば困る状態のことなのです。

当事者の話はもちろん必要です。当事者の言葉を含まないルポルタージュなど、誰も信用しません。ですがそこには、加工が絶対に必要なのです。言葉を削るだけで済めばいいのですが、場合によっては付け加えることもあります。『事態に通じた人物の談話によれば』という前置きをつけて、ルポルタージュにわたしたち自身の言葉を含ませるぐらいのことは、基本中の基本です。

ですがこの手記は、そういった加工を経ていない。生のままです。こうしたものは危険なのです。公開されたことが問題と言ったのは、そういうことです」

彼女の話に、私は戸惑った。つまり、と口ごもった私がようやく言ったのは、

「それは、誤解を招くからですか」

という一言だった。

太刀洗は、おそらくは私の物分りの悪さにだろうが、ほとんど怒っているようでさえあった。

「いいえ。……事実を言ってしまいかねないからですよ、もちろん！」

私たちしかいないレストランに、彼女の声が響く。

「松山良和は、ナイフを、自分の手の機能を拡張するものと書いていました。道具を人間の器官の延長と捉えることは、常識的な認識といっていいでしょう。そして社会的機能を道具と捉えることも。

ではヨヴァノヴィチさん。あなたはわたしたちの仕事を、人間のどの器官の延長だとお考えになりますか」

私は彼女に試されていることを感じた。しかしその質問の答えは、考えるまでもなく明らかだと思えた。

「目、でしょう」

「ところで目とは、そこにあるものを見るための器官ではありません」

彼女ははっきりとそう言った。

「ヨヴァノヴィチさんもきっとご存じのことと思います。目とは、人が見たいと思っているものを見るための器官なのです。錯覚にまみれ、そこにあるものを映さない。それは決して、目という器官の物理的限界によるものではありません。見たくないものをカットし、見たいように見るからこそ、そうしたことが起きるのです。

わたしたちは、人々が見たいと思っているものを見せるために存在します。そのために事実を調整し、注意深く加工するのです。それは実際の目が行っていることと同じです」

「つまり」

私はゆっくりと言った。

「真実を明らかにするのは、あなたがたの仕事ではないと言いたいのですか」

「目の仕事ではないと言いたいのです」

そして私たちはレストランを出た。味わいはすばらしかったのだが、私の心は苦かった。

太刀洗女史の言葉はロマンティシズムを排した冷徹なリアリズムから発せられたように聞こえる。しかし実際のところ、それは極めて程度の低い詭弁《きべん》だ。

かつて世界で初めて電話時報が実用化されたとき、それを始めたフランス人はこう言った。

「時刻はラジオ時報を基準に調整しています」と。そしてラジオ時報の担当者は、こう言った。

「最近は便利になりました。電話時報で調整すればいいのですから」

しかしだからといって、時刻とは主観的なものであると言えるだろうか？　人々が望むものを見せると彼女は言う。しかし、人々が何を望むのか誘導できるのも、また彼女たちではないか。

……もっとも、私のかつての経験に照らせば、太刀洗の言っていることは完全に事実であると思えた。私の国を訪れた記者たちは、真実をあらかじめ用意することを羞じてはいなかった。太刀洗の言葉はその構造を端的に説明する。彼らと、彼らの記事を読む人々とで、真実はウロボロス的に生産されていたのだ。その蛇の環《わ》の中で「いずれ正しいことが伝わる」と信じていた私は、なるほど資本主義に慣れてはいなかった。

しかし率直な気持ちとして、太刀洗女史への失望は隠し得ない。私は彼女と晩餐《ばんさん》を共にする気持ちを失っていた。十五年という年月は、人を変えるには充分である。十五年前の太刀洗女史は私の妹の尊敬に値したのだろう、と考えるしかなかった。今回の浜倉市訪問は失敗だったと私は認めた。時刻は昼を過ぎ、湿り気と排気ガスの臭気とが混じりあった空気は強く熱せられ、気さえ遠くなるようだった。

「あの歩道橋を、向こう側へと渡らねばなりません」

と太刀洗が言う。

「……この先にいらっしゃるにせよ、お帰りになるにせよ」

私はその後を、黙ってついて歩いた。太刀洗は私の失望を充分に察しているようだった。おそらく、自分の言葉がどう受け止められるかも予想できていたのだろう。それでもなお、それを口にした彼女が私にはわからなかった。錯覚する目であり続けることが彼女の誇りだとでもいうのだろうか。

歩道橋は黄緑のペンキで塗りたてられ、手すりの塗装はところどころが剝《は》げて赤茶色の錆を浮き立たせていた。幅の広い階段の中央には自転車を通すための傾斜がつけられ、踏み段は一段一段が埃《ほこり》じみ、黒ずんでいる。太刀洗の足の運びはとてもゆっくりで、階段を上ることが彼女にとって何か非常な負担になっているのかと疑わしくなるほどだった。

階段を上り切り、X字状に道路をまたぐその全景が目に入ってくる。日光を遮《さえぎ》るものは何一つなく、私は憔悴《しょうすい》を覚えた。しかしデッキまで上がると、なぜか太刀洗の足取りが速くなった。私は彼女の素振《そぶ》りに奇妙なところを見つけた。彼女は、手すりの外側をやけに気にしているようなのだ。

何をしているのか、と訊く気力もなくしかけていた私だったが、太刀洗が突然、日本語でなにやら短い快哉を叫んだのにはさすがに興味をそそられた。近寄ってみるが、彼女は私のことなど忘れたように手すりの外に身を乗り出している。これまで一貫して冷静だった表情も、興奮に上気しているようだった。

「どうしたのですか」

と問いかけると、太刀洗は私を振り返り、二、三度大きく手を振った。何か言いかけているが、言葉にならない。一つ大きく息を吐くと、表面上は落ち着きを取り戻して言った。

「失礼しました、英語が出てきませんでした。ちょっと、想像よりも上手く事が運んだものですから。もっと巧妙に隠されているかと思っていたんですが……」

それだけ言うと、ショルダーバッグを開けて中を探り始める。何かそれほど重要なものが、この歩道橋の手すりの外にあるのだろうか。私は黙って、太刀洗が見ていたものを見た。

歩道橋の外側には金属製の看板が取りつけられている。そしてその看板と、歩道橋の間に、大きくふくらんだビニール袋が押し込まれているのを私は見た。ビニール袋は薄く、おそらく、買い物の際に商品を入れるよう渡される袋だと思われた。白い袋だったが、中身が微妙に透けている。タータンチェックのような模様が見えた。中身は布だろうか。大きく手を伸ばせば、触れることもできそうだ。私はそれを取ろうとは思わなかったが、ふと中身が固いのか柔らかいのか確かめようという気になった。手を伸ばそうとしたところ、

「××！」

非常に鋭い声で制止された。全く意味がわからない、ただの叫び声のように聞こえた。たぶん、日本語で「待て」とか「やめろ」とか言われたのだろう。驚いて見ると、太刀洗はいまに

も私に摑《つか》みかからんばかりだ。

打ち捨てられたごみ袋としか見えないものに、なぜ彼女はそんなにも執着するのか。おかしくなって、私は笑みを浮かべる。

「わかりました。触りませんよ」

太刀洗は伸ばした手をゆっくりと引っ込めながら、言葉を英語に切り替えた。

「それが賢明です。もし指紋でもつけたら、相当面倒なことになるところでした」

おそらく私は、強く眉根を寄せていただろう。何事もなかったかのようにショルダーバッグから小さなデジタルカメラを取り出す太刀洗を見ながら、私は、指紋という言葉と面倒という言葉の意味について考える。

私は自分の記憶力には自信を持っている。その力がいつものように、私の思考を大いに手助けしてくれた。私は自分が、太刀洗との会話の中で抱いた違和感のほとんどを説明できることに気がつく。そして、ようやく、今日彼女がこの浜倉市を訪れた理由を理解することができた。太刀洗という人間のことも、少しであれば。

太刀洗女史はカメラを手に、ビニール袋を撮っていた。

何度も、何度も。

日本では、蟬《せみ》という虫の鳴き声に夏の到来を感じるのです。歩道橋を下りながら、太刀洗はそう言った。

「しかし、いまは鳴いていません。今日は夏の虫が鳴くのにすら暑すぎるようです」

無風に近いとはいえまだしも空気の通る歩道橋の上から、陽炎《かげろう》のゆれるアスファルトへと下りていく。むっつりと黙り込んだままの私に、太刀洗は続けて言った。

「ここでタクシーを拾います。もし、このままお帰りになるのでしたら……」

『私の妹があなたについて言ったことを、私は信じるべきでしたよ』

そう言って苦笑する。しかし私はそれを私の国の言葉で話したので、太刀洗は不思議そうな顔をするばかりだ。

流れる車の列に手を挙げて、太刀洗がタクシーを停める。自動で開かれたドアに目をやり、彼女は改めて訊いてきた。

「どうします?」

「乗ってください。私も乗ります」

そして私は、強く冷やされた車内にどっかりと座り込むと、行き先をどう告げたらいいか悩んでいる様子の太刀洗に話しかける。

「太刀洗さん。あなたはフェアですね」

「はあ……」

「行き先は私が言います。すみませんが、日本語に訳して運転手さんに伝えてもらえますか」

「駅ではないのですか?」

私は首を横に振った。

「いいえ。行くべきは……焼け落ちた図書館ですよ」

その瞬間の太刀洗女史の表情こそ見ものだった。彼女は驚きながら笑い、恥ずかしがりながら怒っていたのだ。

私たちが行き先をなかなか告げないので、タクシーの運転手は苛立《いらだ》っているようだった。

5

タクシーは緑の濃い山の方へと走り、やがて我々は大学の門をくぐる。入り口には守衛がいたが、私も太刀洗も、全く咎《とが》められなかった。

おそらく私たちの短い旅の終着点であろう図書館跡は、無限の叡智《えいち》と記憶とが永遠に失われたかなしさを黒々とした焼け跡に漂わせて……は、いなかった。綺麗に整地され、立ち入り禁止を示すロープで区切られ、ところどころに基礎の跡を残す他は資材置き場になっていたのだ。太刀洗によれば、大学は最優先で再建に取り組む予定だという。確かに、知識の集積場を欠いた大学というのはしまらないものだ。もっとも、建物だけが元に戻っても、それにふさわしい価値が戻るまでには長い時間がかかるのだが。

私たちは、金属の板やポール、木材などが積まれた焼け跡に足を踏み入れた。ほどなく痩《や》せ細った男が一人駆けつけてくる。彼は険しい口調で太刀洗に何か話していたが、彼女がショルダーバッグから紙切れを出して見せると、あっさり帰っていった。訊けば男は大学の事務員で、無断での立ち入りに抗議しに来たのだという。そして太刀洗が彼に見せた紙は、大学当局から発行された、この図書館跡地での取材を許可する文書だった。準備のいいことだ。彼女にとってこの場所は、初めから目指していた場所だったのだ。

燃え上がるような夏の日、汗を流しながら私たちは宝捜しをした。図書館跡地は思ったよりも広く、宝物を隠せる死角は充分にあった。

足場に使うのだろう、穴の開いた鉄板が積まれている。そのそばにしゃがんで私は訊いた。

「太刀洗さん。それにしても、私にはわかりません。少年は、どうしてこんな複雑で不確実な手段をとったのでしょうか」

太刀洗はまず、空き地全体をじっと観察する作戦に出ているようだ。腕を組んで目を凝《こ》らしている。私の問いには、短く答えた。

「……その理由は、極めて明瞭だと思うのですが」

「そうですか？」

私はハンカチを取り出し、汗を拭いながら言った。

「彼は、かつて自分を守ってくれた姉を守ろうとしたのでしょう。それ自体は、幼い心に芽生えた英雄願望として理解できなくもありません」

「手厳しいですね」

太刀洗は微笑し、私は肩をすくめる。

「どうやらもうおわかりのようですが、松山良和は、姉の良子を庇《かば》うため、自分が犯人であるかのように振る舞ったのだと思われます」

起きたことは明らかだ。姉と姪を訪ねた良和は、花凜が心臓を刺されて死亡しているのを見つけた。そして不在である姉を犯人と考え、彼女を庇うため花凜の死体にナイフを刺したのだ。おそらくその際、彼は自らカーテンを開けさえしただろう。自分の犯行を誰かに目撃させるために。

「しかし、疑問が残ります。なぜ彼は姉を犯人だと判断したのでしょう」

「物理的な観点から言えば、彼が姉のアパートに行ったとき、鍵がかかっていたからでしょう。彼は合鍵を使って中に入った。すると姪が死んでいた。姉が自分の子供を殺害した後、自分の鍵で戸締りして逃亡したと考えるのが自然です。

ですが、それ以上に大きかったと考えられるのが、心理的な観点です。手記に書いてあったでしょう、子供が姉の邪魔になっていると。わたしはそれが良和の意見だったとは思いません。家族のことでも、そこまで思いやるのはなかなか難しい。子供がいなければもっと自由なのに、という考えは、良子自身が良和に話したことだと思います。それを聞いていたからこそ、彼はすぐに、良子がとうとう邪魔者を始末したのだと思った。そしてまた、手記に動機を書くこともできたのです」

「それが最も不思議なのです」

そう言いながら、私は金属パイプの中を覗き込む。数メートル先の地面が見える。

「庇おうと思うなら、あんな手記を書かなければいい。庇うのをやめようと思うなら、手記などという方法をとらず、私ではありませんと言えばいいのです」

しゃがんだまま見上げると、太刀洗はゆっくりと首を横に振っていた。

「彼は悩んでいたのです。……姉を助けたい気持ちに偽《いつわ》りはないでしょう。不幸だった彼女の人生に責任を感じ、その罪を肩代わりできるならしてやりたいと思う。それは英雄願望だったかもしれませんが、真情でもあったはずです。

ですがその一方、殺人の罪を背負うことの恐ろしさは、時を追うごとに大きくなっていったに違いありません。やってもいない罪で断罪される。その恐怖は耐えがたいものでしょう。矛盾《むじゅん》した二つの気持ちを一つに纏《まと》め上げ、誰か気づいてくれと祈りながら誰にも気づかれないよう告白する。ヨヴァノヴィチさん、わたしには、彼の気持ちが本当に明瞭だと思われるのです」

私には明瞭ではなかった。どっちつかずで曖昧《あいまい》な、矛盾をはらんだ態度だとしか思えなかった。私が日本人ではないからそう感じるのか、それとも太刀洗女史が他人の苦境に特別に鋭敏なのか、それはわからなかった。

歩道橋で見つけたビニール袋の中身。あれは、松山花凜が着ていたパジャマで間違いないだろう。ふと、私は非常に大きな疑問に気づいた。

「ところで太刀洗さん。彼はどうして、姪のパジャマを脱がせたのでしょうか」

太刀洗は立てかけてあったベニヤ板の裏を覗き込んでいたところだったが、それを元通りに置き直して言った。

「姉の家に行ったら、姪が血を流して倒れていたんです。彼がまずやることはなんでしょう」

私はその答えをすぐに得ることができた。経験に照らすことで。

「蘇生《そせい》です。傷が致命傷かどうかを調べ、たとえ彼女が死んでいることが明白でも、助けようとしたでしょう」

「では、全く医学的知識のない子供である松山良和が、姪の死を信じたくないと思いながら、その生死を確実に確認しようとすればどうするか。まず何を試すかを考えてみてください」

なるほど、これは私の質問が愚かだったようだ。

おそらく良和は、パジャマの上から心臓付近に耳を押し当てたのだろう。何も聞こえなければ、祈るような気持ちで、胸部を露出させてからもう一度耳を当てる。あるいは心臓マッサージも試そうとしたかもしれないが、致命傷は心臓付近に加えられていた。圧力を加えれば、体内に残っていた血が吹き出る。まともに圧迫することはできなかっただろう。

もはや全てが手遅れだと悟り、そして血まみれのクッキングナイフを見て殺人犯が姉であると確信した彼は、部屋のカーテンを開け、自分のナイフを少女の亡骸《なきがら》に突き立てる。時刻は夕暮れ時で、窓は西を向いている。夕日の眩しさに目を細めながら、声を上げ、隣人の注意を引こうとする。

悪夢の中にいるようだったことだろう。

しかし彼は誤った。半脱ぎにさせたまま刺してしまった。服には、本当の致命傷を与えた刺《し》突《とつ》の痕跡が残っている。このままでは、犯人は着衣状態の幼児を刺し、服を脱がせてから改めて滅多刺しにしたことになる。その矛盾を解決するため、彼は服を持ち去った。

手を止め、じっと周囲に目を凝らしていた太刀洗が動いた。

「ここです」

下草が生えた一隅《いちぐう》で立ち止まる。近寄ってみると確かに、小さな草叢《くさむら》の端に、不自然に何も生えていない場所があった。

「埋めてあるのですか」

「たぶん」

「では、道具が必要ですね」

私がそう言うと太刀洗はショルダーバッグを開き、中から園芸用のスコップを取り出した。これにはさすがに私もあきれた。

「そんなものまで」

「こういうこともあるかと思っていましたので」

スコップを構えてしゃがみこむ太刀洗女史を、私は立ったまま見下ろしていた。彼女の腕は頼りなく細いのに、乾ききった土に打ち込まれるスコップは力強く、ぐいぐいと穴を広げていく。彼女のどこにそんな膂力《りょりょく》があったのかと驚くほどだったが、すぐに思い当たることがあった。もしその場所が最近一度掘られていたなら、土はまだ押し固められていないだろう。

さほどの時間はかからなかった。立っている私の耳にも、がちりと硬い音が聞こえてきた。

やがて、ビニール袋に包まれた細長いものが土の下から現れた。

太刀洗女史はハンカチを出し、汗を拭う。私は言った。

「ナイフですね」

彼女は少し首を傾《かし》げた。

「ええ、まあ、そうですね、クッキングナイフの一種です。……日本語で、包丁《ほうちょう》といいます」

穴の中の白いビニール袋を、太刀洗は何度も撮影する。

私は少しずつ西に傾き始めた太陽を見上げ、独り言のように言った。

「それにしてもあなたは本当にフェアでした。

不思議には思っていたのです。私もあなたも英語は母語ではないですが、それにしてもあなたの比喩は変わっていました。神殿を心の拠り所と表現したのは理解できますが、あれは心臓であるとかあれは胃袋であるとか、おそらく日本語でよく使われる表現を無理にでも英語にしたのだろうというものが多かった。

最初、それはあなたが英語に不慣れだからだと思いました。が、それにしてはあなたの英語は流暢すぎました。私と意思疎通を図るのに、なんら不自由がなかったのですから。

あれらの比喩は全て、私に良和の意図を推察させるためだったのですね」

太刀洗はファインダーを覗き込んだまま、

「そんなつもりはありませんでした」

と呟き、それからひどく聞き取りづらい小声で、

「……最初は」

と付け足した。

松山良和が犯人ではないと証明する証拠品、一ヶ所にしか穴が開いていない花凜のパジャマと、本当の凶器であるクッキングナイフは持ち去られた。

パジャマは歩道橋に隠された。太刀洗がこの街の大動脈と表現した道を、X字に横断する歩道橋に。

——私が大動脈を十字に断ち切るそのときまで、それは確かにあったと思うのですが。

クッキングナイフは、最初、魚市場周辺に隠すつもりだったのだろう。しかし彼はそこで発見され追跡を受け、隠蔽《いんぺい》を断念した。

——花凜の命を奪った刃物を最後にどこに突き立てようか、私は迷ったのです。最初は胃にと思ったのですが、それはできませんでした。

太刀洗は魚市場をどう表現しただろうか？　そう、彼女はこう言った。この街の胃袋、と。

結局凶器は、全ての記録を失ってしまった図書館に隠された。良和は、そこに隠せばいずれその上に立派な建物が建ち、永遠に発見されることはないと考えたのだろう。

——全ての思い出を失ってしまった脳を刺せば、私の行いも全て消滅するのではと思ったからです。

幹線道路を大動脈に、魚市場を胃袋になぞらえたとき、記憶をなくした脳に当たるものは何か。単に「記憶《メモリー》」ならば墓地のことだと思ったかもしれないが、私は事前に、太刀洗によって焼け落ちた図書館のことを聞いていた。

そして彼は、神殿に潜み、捕縛《ほばく》されることとなる。

――そして私は、心の中へと逃げ込みました。

気づいてくれと祈りながら、気づかれないように告白する。その心境は私には量りがたいものではあった。だが、都市機能を人間の身体に喩《たと》える思考法は、注目に値する。松山良和はその手記の中で、家族を人間にとっての道具とする考え方を記述していた。不必要とも思えるあの部分は、手記の真意へと読み手を誘導する鍵だったのだろう。

かつて図書館であったという資材置き場を、私は改めて見まわした。

「この場所は凶器の隠し場所としては適切でしたね。しかし歩道橋はいい場所とは思えない。都市の盲点ではあるでしょうが、永遠に隠せるわけではありません。彼はなぜ、そこを選んだのでしょう」

撮影を終えたのか、太刀洗はカメラから目を離し、手で自分を扇《あお》いでいる。

「……ロマンティックな理由など、ありはしないでしょう。パジャマはナイフよりかさばり、逃走には邪魔になります。一旦見つかりにくい場所に隠しておいて、いずれ取りに戻るつもりだった。その前に捕まった。そんなところでは？」

私は肩をすくめた。殺人事件にロマンを求めたつもりはなかったからだ。

6

大学から駅までの移動が、最後のタクシー使用となった。

浜倉駅北口の改札前で、私たちは向かい合っていた。夏の太陽は容易に沈もうとはしないが、それでも少しだけ、さっきよりは攻撃性が弱まっているようだった。

太刀洗女史はちらりと腕時計を見た。私はそれに構わず、彼女に問いかけた。

「太刀洗さん。クッキングナイフはあのままでよかったのですか」

私たちが発見したナイフを、太刀洗は指先も触れないまま土の中へと埋め戻した。パジャマも結局、あの歩道橋に残したままだ。言うまでもなく、あれらは極めて重要な証拠である。しかし太刀洗は、腕時計の針の方がよほど気になる様子だった。

「構わないでしょう」

「証拠ですよ」

「……記者が発見しては、話が難しくなります。構わないでしょう。遅かれ早かれ、警察が見つけます。わたしが心配するのはそれが見つからないことではなく、それを先にわたしが見つけていたと警察に気づかれることです。まず大丈夫だと思いますが」

「警察が？　日本の警察が、あの手記に込められたメッセージに気づくとお考えですか」

太刀洗は時計から目を外し、笑った。

「まさか。警察はそんな手段はとりません」

「では……」

「良和があああいうメッセージを出したということは、彼の心が揺らいでいるということです。耐えきれませんよ。尋問にも、彼自身の恐怖にも。あと数日のうちに自分のやった行為を洗いざらい告白することになるでしょう」

確かにそうだろう。日本の警察の手法がどれほど洗練されているか私にはわからないが、怯《おび》えた少年からさえ真実を引き出せないとは考えられない。

私は首を横に振る。

「彼にとっては、つらいことになりますね。彼は恐怖からは逃れられるかもしれませんが、自分の姉を見捨てた負い目を背負うことになります」

「あるいはそうかもしれません。……まあ、十日か、そのぐらいの間は」

彼女が何を言っているのかわからなかった。十日も経てば負い目など忘れるというのだろうか。もちろん、全ての負い目はいずれ忘れられる。しかし十日とはいかにも短くはないだろうか。

私が理解していないことを、太刀洗はすぐに悟ったようだった。彼女は辛抱強く言った。

「いいですか、ヨヴァノヴィチさん。犯人が良和だと考えているのは世論です。良子だと考えているのは良和です。わたしたちがそれに拘束される理由はどこにもありません。

良子は事件当日、八時半に酩酊状態で帰宅しました。彼女が犯人だとして、三時間半も何をしていたのです？　彼女の家にはしばしば弟が遊びに来ていましたし、現に当日も良和はやって来ました。良和は合鍵を持っているのですよ。いくら自宅とはいえ、そんな状況で殺人者が死体を放置して三時間半、酒を飲んでいるなんて論外です。

当然、良子は帰宅するまで何も知らなかったのです。彼女は最初から、長時間……少なくとも西瓜を丸々一個、三歳の子供のおやつとしてではなく、夕食としてあらかじめ用意しなければならないほどの時間、家を空けるつもりだったのです」

私は少し、苦笑した。彼女の言い分がいきなり非論理的になったような気がしたからだ。

「もちろん疑わしい行動ですが、しかし、突然の死に直面したすぐ後に論理的行動をとることは難しいですよ。良子が犯人でないと言いきる理由にはなりません」

太刀洗は溜め息をついた。

「……いいでしょう。細かな検証をお伝えするつもりはなかったのですが。

明白です、ヨヴァノヴィチさん。良子は眠ってしまった娘を涼しい場所に移したと言っています。しかし、実際に花凜が眠っていたのは外へと続くガラス戸のそばです。彼女の部屋のガラス戸は西を向いていて、そのままでは直射日光が当たりますから、そこは部屋中で一番暑い場所だったでしょう。

もちろん、彼女はカーテンを閉めました。しかし、それでは娘を西側に移した理由ははっきりしません。彼女が娘を蒸し殺そうとしていたのでなければ、ガラス戸のそばに移した理由はなんですか?」

その問いの答えは、確かに明白だった。私は答えた。

「涼しくするためです。ガラス戸を開けて風を入れ、少しでも娘が楽になるようにと考えたのでしょう」

「わたしも、それ以外は考えられないと思います。……ですが、遺体が発見されたとき、ガラス戸の鍵は閉まっていた。それはなぜです?」

「たぶん、良和が」

と言いかけて、私は自分の矛盾に気がついた。

「……ああ。良和は、自分の犯行を見せつけるため、カーテンを開けさえしたのでしたね」

太刀洗の表情がやわらぐ。

「そうです。そして注目を集めるため、大声を上げています。彼にガラス戸を開ける理由はあっても、閉める理由はないのです。あなたは良和が手記を書いた心境が明瞭ではないと言いました。ですがこちらは明瞭でしょう。良子が出かけ、良和が来るまでに、あの部屋には別の人間が入っています」

私は舌打ちしたくなった。こんなことにいままで気づかなかったとは。

「では、本当の犯人は……」

ガラス戸から入ったのだろうか。そして花凜を手にかけた後、犯人はどこから出ていったのか。

良和が訪れたとき、ガラス戸だけではなく、玄関の鍵もかかっていた。ということは、犯人はガラス戸から出て、何か特殊な方法で外部からその鍵を閉めたか、あるいは玄関から出て鍵を閉めたかのどちらかだ。良子の部屋のガラス戸側は隣人からよく見える。犯人が人目につきやすいガラス戸の外で妙な小細工をしたと考えるよりは、もともと部屋の鍵を持っていたと考えるのが自然だろう。

しかし……。

「部屋の鍵は、良子と良和しか持っていない」

太刀洗は私の呟きを、きっぱりと否定した。

「違います」

「いえ、あなたは確かに」

「わたしは、良子が合鍵を渡したのが良和だけだと言ったのです。良和の鍵を複製する機会があり、その必要もあった者がいるでしょう。彼女の部屋に何度も、密かに侵入する必要があった人間が。もっとはっきり言えば、良子が自分の住処《すみか》を得たために、彼女の収入から小遣いを抜き取れなくなった人間がいるではありませんか」

そう念を押す太刀洗女史の言葉には、静かな情熱が垣間見えるようだった。私は眉をひそめ、訊いた。

「しかし、それでは……。どちらにせよ、良和にはつらい結論になりませんか」

だがそれに答える彼女は、たちまち元通り、冷ややかな雰囲気に戻っている。

「彼らの間に親子の絆《きずな》が残っていれば、そうかもしれません」

言うまでもなく、彼女が示唆《しさ》したのは、良和と良子の父親、つまり花凜の祖父のことだ。息子の持つ鍵を密かに複製し、それを用いて娘の部屋に盗みに入り、孫に騒がれて殺す。なるほど太刀洗が最初に言った通り、これは非常に単純な事件のようだ。

彼女は最後に、注意深く付け加えることを忘れなかった。

「もっとも、良子が虚偽の供述をしていて、実際は合鍵をばら撒いている可能性もあります。不動産屋が怠慢で、前の住人が退去した後で鍵を換えていない可能性も。……もっともわたしは、どちらもあり得ないと考えています。警察がそうした基本的な捜査に、さほど手間取るとは思えません」


「東京にお戻りになるなら、すぐに急行が来ますよ」

もう一度腕時計を見て、太刀洗が言う。私は手の平を向けて彼女を制止した。

「その前に。訊いておきたいことがあります」

「……なんでしょう」

「『目』のことです」

太刀洗の目がすっと細まるのを、私は見た。

「あなたは言いました。見たくないものをカットし、見たいものだけを見るのが目であると。しかし、もしあなたが今日調べたことを記事にするなら、それは見たくないものを見る目になります。松山良和犯人説を真っ向から否定する記事になるでしょうからね。あなたが言うには、この国の世論は松山良和を断罪する方向に傾き、彼のプライバシーさえ暴かれているというではありませんか。そういう状態で別の見方を提示するのは、『目』の仕事ではないと思うのですが、いかがでしょう」

答えは返らなかった。太刀洗はしかし、断固沈黙を選んでいるわけではなかった。何か言いかけては、言葉を呑み込んでいる。私は少し、微笑ましい気持ちになった。

「あなたはどのようにしてあなたの仕事を正当とするのですか、という私の質問に、あなたはこの事件をもって答えた。ならば、回答の解説をなさるべきです。

……しかし、あなたが言いにくいようなら、私が言いましょう。太刀洗さん、錯覚するのは目ではありません。目はレンズに過ぎない。光さえあれば全てを映します。もし映像が乱れるとしたら、それは周囲の筋肉のせいです。そして、見たくないものがカットされてしまうとしたら、それは……脳のせいです。

もしあなたが単に目であろうとしたなら、脳には忠実でなければならないでしょう。脳が見たくないと判断したものに対しては、見えなくならなければならない。しかし、私の記憶によれば、あなたの仕事を目にたとえた私の言葉に、あなた自身は賛同なさいませんでしたね？」

「……しなかったわけではありません」

「では、自分の仕事は目の延長だと、宣言できますか」

太刀洗はやはり、言葉を返せない。

「あなたは不愉快だったはずです。あの手記を漏洩《ろうえい》した警察の人間は、あれが松山良和の無罪告白だと気づかなかった。それを公開した人々もまたそれに気づかず、良和の苦し紛れのメッセージは解釈されることなく、彼自身の異常性を証明するものと世論に受け止められてしまった。結果、彼はたとえ釈放されたとしても、厳しい生活を送ることになるでしょう。

この一件に関わった人々は、おそらくこう言うでしょう。『そうは言っても、ああいう手記が存在したことは事実である』と。しかしそれは『目』の言い分です。だからこそあなたは、あのレストランで、事実は加工されるべきだと語気を荒くした。……違いますか？」

視線を逸らし、太刀洗は何か呟いた。それは日本語で、私には理解できなかった。ここで日本語を使うのはフェアではない。そのことを太刀洗自身も羞じたらしく、私に横目で視線をくれながら小声で言った。

「アルコールを摂取していない状態でその質問に答えることは、わたしにとって非常に困難です」

私は笑った。

「ではもう一つ、私の推論を聞いてもらいましょう。

あなたの記事が何かに掲載され、それを松山良和が読んだとします。彼は牢獄の中で、どんなにか安心することでしょう。自分が真実を語ったとしても、それが姉を売り渡すことにはならないとわかるわけですから。あるいは、父を売ることになると気づいて逡巡《しゅんじゅん》を深めるかもしれません。しかし、何も知らないよりは心の準備ができるはずです。

あなたは、あなたなりの方法で、あの哀れな少年を僅かなりとも救おうとしているのではありませんか？」

私は気づいた。あらゆるものの影がくっきりとする夏の日差しの下、太刀洗の顔色に赤みがさしている。それは、一日中太陽に炙《あぶ》られたゆえの日焼けだっただろうか？

「太刀洗さん。私の妹は、あなたのことをよく理解していたようです。そして十五年経っても、あなたの性格は妹が見たまま、変わらなかったのですね」

「……わたしは三十歳を超えています。ティーンエージャーの頃と同じと言われて、嬉《うれ》しくはありません」

「でも、あなたを友とした私の妹は、幸せだったことと思います」

私は思い出す。十五年前の、妹の言葉を。

日本に友人ができた。純真な者や正直な者、優しい者が彼女の友になった。そして、センドーと呼ばれる少女は、とても恥ずかしがり屋だったという。

いま、その恥ずかしがり屋の少女は記者の女性となり、誇りを胸にしながら、しかし恥ずかしがってその誇りを語らない。

……妹のことは、いまでも、私の思い出の中に突き刺さったナイフのようなものだ。彼女の思い出は、炎と瓦礫《がれき》と、消え去った祖国ユーゴスラヴィアと、無力だった自分の姿をいつも伴っている。生き残った者の上に時は降り積もった。

「太刀洗さん。もしよかったら、予定通り、晩餐をご一緒させてください。この国での私の妹の振る舞いを聞かせてください」

「もしわたしがあなたを失望させなかったのでしたら」

太刀洗は言った。

「彼女の思い出のために、喜んで」

駅を出ていく列車が見える。東京に向かう急行列車らしかった。

綱渡りの成功例

1

戸波《となみ》夫妻の救出は、長野県南部を襲った水害の中でほとんど唯一といっていい、希望のある話題だった。

台風12号が駿河《するが》湾から上陸したのが八月十六日、風力はさほど強くもなかったがとにかく雨がひどく、翌十七日には長野県の南半分を未曾有《みぞう》の豪雨が襲った。西赤石市でも十七日午後には広い範囲で避難指示が出されて、消防署員が避難誘導のため市内を巡っていたが、農地が広がる大沢地区での誘導に当たっていた署員が偶然、土砂《どしゃ》崩れの発生を目撃した。

大沢地区の北端、山の斜面に近い高台には三軒の民家が並んでいたが、土砂崩れが収まったときにはそのうち一軒は完全に埋まり、一軒は建物の一部を土砂に削り取られ、そして無傷だったもう一軒も外部との連絡手段を断たれてしまっていた。この孤立した家の住人が、戸波夫妻だ。

家は無事だったが、夫妻は共に七十歳を超えており、大きな持病はないもののいつ体調を崩してもおかしくない。土砂に埋もれた二軒の家の住人とも連絡が取れず、事態は一刻を争う。

西赤石市消防本部は即座に松本市に救援を要請し、同日夕方にはレスキュー隊が到着したが、救助作業は困難を極めた。三軒の民家が並ぶ場所は高台で、その東側から南にかけては水濠《すいごう》のような川に取り巻かれている。ふだんは川だとも思わないような細い流れが濁流《だくりゅう》と化し、ただ一本の橋も押し流されて、土砂崩れ現場は誰も近づけない陸の孤島になっていた。悪いことに民家の上空には高圧線が通っていて、ヘリコプターも近づけない。北側は山で、地盤がゆるんでいる山に踏み込むのは無謀すぎる。唯一残された西からのルートは土砂崩れに塞《ふさ》がれているが、検討の末、危険を承知でその崩れた土砂を踏破《とうは》するしかないということになった。

実際の作業は十八日朝から始められたが、レスキュー隊はぬかるみに足を取られ、倒木や岩に行く手を遮《さえぎ》られた上、さらなる崩落の予兆に一時撤退を余儀なくもされ、時間ばかりを空費した。少しずつ進路を切り開き、ようやく戸波夫妻救助の目処《めど》が立ったのは台風の直撃から四日目、八月二十日の朝のことだった。

この救助作業は全国の注目を集めていた。長野県南部豪雨は、死者二名、行方不明者五名を出しており、行方不明者のうち四人は大沢地区の土砂崩れの中に家ごと埋もれている。口に出しては言わないが、生存は難しいだろうと誰もが思っていた。交通網は県内各所で寸断され、農作物の被害額は日々ふくらみ、床下浸水や床上浸水で多くの人々が苦しんでいる。もう充分だった。悲劇は充分に見た、これ以上の悲惨はいらない。この災害の締めくくりに、せめて戸波夫妻だけでも助かってほしい。テレビの生中継に見入る人々の、それが本音だっただろうと思う。いよいよ救助開始というとき、現場にはいくつものテレビカメラが並び、幾十人もの記者がカメラを構えて、上空にはヘリが何機も飛んでいた。

俺は西赤石市の消防団員として、戸波夫妻の救出現場に立ち会っていた。

松本市から応援に駆けつけたレスキュー隊は、五月雨《さみだれ》式に降りかかるトラブルを一つ一つ冷静に片づけ、着実に目的地に近づいて、とうとう二名の隊員を崩れた土砂の向こうに送り込んだ。

孤立した家から戸波夫妻をどう救出するか、二通りの方法が考えられていた。一つは、レスキュー隊員が来た道、つまり崩れた土砂の上を誘導して現場を離れる方法。もう一つは、増水した川をなんとか渡る方法だ。実際そのときになってみると、目的地到達まで時間がかかったので水はそれなりに引いていたし、レスキュー隊が踏破するのに丸二日かかったルートを戸波夫妻に歩かせるのはどう考えても現実的ではない。さほど検討の時間も要さず、救出は渡河で行われることに決まった。レスキュー隊がワイヤーを射出して、川の両岸に固定する。そのワイヤーを手がかりにまず一人が川を渡り、流れの速さや川の深さを測る。この三日間の苦戦が嘘のように作業は手際よく進められ、どうやら行けそうだという判断が十五分ほどで下った。

消防団には、下流で待機する役が与えられた。レスキュー隊は戸波夫妻を背負って川を渡るが、万が一隊員や夫妻が流されて命綱も切れてしまったら、俺たちが発泡スチロールの浮き輪を投げ込むのだ。本当にそんな事態になったら浮き輪が役に立つのか不安は残るが、俺たちはいわば最後の砦《とりで》だ。

暑い日だった。台風一過《いっか》とは言うが、台風が通り過ぎた十八日以降、長野でかつてこんなに暑い日があったかと思うほどの酷暑が続く。四人の団員は黙りこくって、ただひたすらに作業開始を待っていた。上流ではオレンジの救助服を着たレスキュー隊と救急車が待機しているが、肝心の戸波夫妻がなかなか現れない。防水の腕時計にちらちらと目をやるが、針の動きは粘ついたように遅かった。不安と苛立《いらだ》ちがない交ぜになって、とうとう誰かが「何かあったのかな」と言ったそのとき、民家から夫妻とレスキュー隊員の四人が出てきた。救助作業の妨げにならないよう充分離れた場所にいる取材陣から、低いどよめきのような声が上がり、シャッターを切る音も聞こえてくる。生中継も始まったらしく、ヘルメットをかぶったレポーターが川に背を向けて立つ姿が見えた。仲間たちの緊張が伝わってくる。俺は言った。

「始まるぞ」

俺は以前から戸波夫妻を知っていた。

うちは雑貨屋をやっていて、俺も店を手伝っている。この街でも年寄りが増えた一方、商店は次々閉店し、特に市街地から離れたここ大沢地区では大勢が日々の買い物にも困っている。そこで親父はミニバンを買って、雑貨だけでなく食料や衣料も扱う移動販売を始めた。商売が当たったというほど儲《もう》かってはいないが、このあたりではそれなりに頼りにされていると思う。俺はふだん店を任されているが、ときどき代打で移動販売に出ることもあり、戸波夫妻にもいろいろ買ってもらっていた。偏屈な老人も少なくない中であの夫妻はいつも人当たりがよく、会えば何も買わないときでも必ず、「ありがとう。助かっています。大庭《おおば》さんはうちの命綱です」と声をかけてくれる。

なんとしてでも、あの二人には無事でいてほしい。そのために自分ができることはあまりに小さいが、それでも、祈るだけでなくできることがあるのはありがたかった。

見えてきた二人は小さかった。三日間の孤立で疲れきったのか、がっくりと肩を落としてはいるが、それでも自分の足で歩いていた。高台をゆっくりと下り、川の手前まで来て立ち止まる。先に渡るのは、旦那さんの方だった。

旦那さんを背負ったレスキュー隊員が、慎重に川に足を入れていく。増水は多少収まってきたとはいえ川はふだんよりはずっと深く、隊員は腹のあたりまで水に浸かった。両手でワイヤーを握り、ゆっくりと渡り出す。

息を詰めて、その危うい渡河を見守る。浮き輪を持つ手にも力が入る。レスキュー隊員は一歩、また一歩と川の中を進んでいく。

緊張に耐えかねたのか、仲間の誰かが口を開いた。

「遅いな」

俺は、そうは思わなかった。確かにレスキュー隊員が進む速度は速いとは言えないが、そこに遅さよりも、むしろ頼もしさを感じていたからだ。隊員がワイヤーを握る手つきも、少しずつ前に進む体の運びも、危なげがない。戸波さんも背負われた状態でパニックに陥ることもなく、おとなしく運ばれている。きっと大丈夫だと思えた。

期待は裏切られることなく、ここまでの三日間で救助作業を襲ったようなトラブルが再発することもなく、レスキュー隊員は無事に川を渡りきった。消防団の仲間が揃って溜め息をつく。川岸で待っていたレスキュー隊員は仲間よりも先に戸波さんを引き上げ、その肩に毛布を掛ける。デジタルカメラのシャッターが切られる電子音が、さざ波のように巻き起こった。レスキュー隊員はそのまま救急車に戸波さんを誘導していく。

川のこちら側から、新しい隊員が対岸へと渡り始める。その動きもきびきびとして、疲労の色はなかった。奥さんの方もまず問題ないだろう。

「成功です！　救助成功しました！」

甲高《かんだか》い声が聞こえてきた方を見ると、どこかのテレビ局のレポーターが飛び跳ねんばかりに手足を動かして、戸波さんが救われたことを伝えている。彼女が、そしてテレビカメラを通じてこの救助を見ていた何百万という人々が戸波さんの生還を喜んでくれているのだと思うと、なんだか俺まで嬉《うれ》しくなってしまった。

2

一夜が明ける。

うちの店は幸い被害を免れていたが、移動販売用のミニバンは水に浸かって修理が必要だった。こういう大変なときだからこそ必要とする人に物資を届けたいが、車がやられているのではどうにもならない。親父も「店は一人でどうにでもなる」と言っていたので、俺は朝から消防団の仕事に出ることにする。

大沢地区の土砂崩れ現場でも人手がいるだろうと思ったが、行方不明者の捜索には警察と消防が投入されているから消防団はいらないと言われた。考えてみれば、あの狭い地域に何十人も行ったところで身動きが取れないし、二次災害の危険もあるのに俺たちのような素人《しろうと》が行っても迷惑だろう。水害の爪痕《つめあと》は西赤石市のそこかしこに残っていて、それだけに消防団の仕事は他にも無数にある。

うちの消防団には、市道に散乱するごみを一ヶ所にまとめるよう要請が来た。ゆくゆくは道路清掃車が来るのだろうが、目立つ大物だけでも除けておかなくては支援物資も届かない。市道に出ると、川から何百メートルも離れたカーブミラーには濡れた草が絡みついたり、路肩にはエンジンをやられたのか軽自動車が乗り捨てられていたりしていた。台風以降飽きもせずに連日照りつける太陽に炙《あぶ》られながら、流木や家具を軽トラックに載せていく。

昼は、仲間と一緒に馴染《なじ》みの中華料理屋に行く。店は開いていなかったが、子供の頃から知っている店主が、「ろくなものが作れないから」と笑って金も取らずに飯を出してくれた。具が少ない炒飯《チャーハン》と肉が少ない野菜炒めをかき込んでいると、天井近くに据えられたテレビから水害のニュースが流れ始める。

「お、見ろよ」

仲間の一人が、レンゲを持ったまま顎《あご》でテレビを指す。顔を上げると、昨日の戸波夫妻救助の場面が映っていた。

『いま、ゆっくりと川に入っていきます。心なしか緊張した面持《おもも》ちで、入りました。戸波さんの表情は見えません……』

レポーターの声は、なぜか押し殺したものだった。昨日生放送していただろうから、これは録画ということになる。ほどなく俺たちの目の前で起こった通り、レスキュー隊員は無事に戸波夫妻を助け出した。

映像が切り替わり、救急車に乗り込む前の戸波の旦那さんが映った。何度も頭を下げながら、小声で繰り返し口にした言葉がテロップで流れる。

『本当に皆さまにご迷惑をおかけして……本当にご迷惑をおかけしまして、申し訳も……』

見ていられなかった。確かに戸波夫妻の救助のためには、俺たちを含めて何十人もの人間が関わった。しかし、誰がそれを迷惑だと思っただろう。救助を本職とするわけではない俺たち消防団員でさえ、頭に浮かんでいたのは無事でいてほしいということだけだ。仮に戸波さんが頑固に避難を拒《こば》んだ結果孤立したのだとしたら、ひょっとしたら少しぐらいは、言わないことじゃないと思ったかもしれない。しかし、そうではなかった。信じられないほどの大雨が短時間に降り注ぎ、三軒の民家の裏山は、あっという間に崩れたのだ。誰のせいでもない。一歩譲って「助けてくれてありがとう」ならわからなくもないが、「ご迷惑をかけて申し訳ない」なんて言葉は聞きたくない。

画面の右上には、「決死の綱渡り！　奇跡の救出劇」とテロップが出ている。仲間の一人がつまらなそうに、

「あれは綱渡りじゃなかったよな」

と言った。確かにレスキュー隊員はワイヤーを摑《つか》んで川を渡ったわけで、綱渡りと言われると少し意味が違う気がするが、俺はあまりそこは気にならなかった。むしろその後、救出劇という言葉の「劇」という文字に、ざらりとした感触を覚える。

戸波の旦那さんが画面から消え、映像はスタジオに移る。コメンテーターの横に大きなパネルボードが用意され、事態の推移が図解されていた。かっちりしたスーツに身を包んだ若い男が指示棒を手に、パネルのあちこちを指しながら解説する。

『水害により地域一帯が断水していましたから、今回孤立した戸波さんの家でも、水道は使えませんでした。電気と電話は使える状態でしたが……』

一枚の写真が大写しになる。戸波家の壁に引きちぎれた枝がもたれかかり、よく見るとそこに黒い線が巻きついている。あんな風になっていたとは気づかなかった。

『ここです！　土砂崩れのせいでしょうか、大きな枝が引込線に絡みついて、線が切れてしまっています。引込線とはどういうものか、ここで解説の田中さんに教えていただきます』

要するに、電線から民家へ電気を供給する線が切れてしまったため、戸波夫妻は電気が使えなくなっていたらしい。そういえばこの三日間、夜に様子を見に行くこともあったが、戸波さんの家に明かりが点くことはなかった。電話線も同じ場所にあったのでやはり切れてしまい、

通話ができなかったそうだ。テレビでは、引込線が切れた場合の処置について話していた。といっても若い男が、

『絶対に自分では触らず、専門家の到着を待ってください』

と繰り返すだけだったが。

CMに入ったテレビから目を逸《そ》らすと、店の赤いカウンターに新聞が投げ出してあるのに気づいた。新聞は台風直撃の翌日から、さすがにいつも通りの時間にとはいかないが、きちんと届けられていた。五日目ともなると水害の記事は一面のトップから外れていたものの、それでも左上にはカラー写真入りで、戸波夫妻の救出が扱われている。長野県南部水害関係の記事は社会面にとあるので、箸《はし》を置いてページをめくっていく。

新聞には、戸波夫妻の隣家についても書いてあった。俺はそこに住んでいるのが原口《はらぐち》さんという老夫婦だと知っているが、新聞ではAさん宅となっていた。記事によれば、崩れた土砂は原口家を掠《かす》めるように流れていったそうだ。土砂に埋まっているのは、二階建ての民家のうち、一階の片隅だけだという。しかし、よりにもよってその「片隅」が寝室だった。Aさん夫妻……つまり原口夫妻は安否不明で、捜索が続けられていると書かれていた。

移動販売で大沢地区に行ったとき、原口夫妻に買ってもらったことはない。あの家の旦那さんは九十歳近かったはずだが、自分で軽自動車を運転して買い物に行っていたようだ。一度、うちで買ってみないかと勧めたこともあったが、どこの誰ともわからないやつから買い物ができるかと、けんもほろろに断られた。だから俺は、原口夫妻にはいい感情を持っていない。だ

けどもちろん、死んでほしいだなんて思ってもいない。土砂崩れから四日が経ち、生存がかなり難しいことはわかっているけれど、なんとか、生きて見つかってほしい。

残り少なくなった炒飯をレンゲでまとめ、皿を持ち上げてかきこむ。CMが終わり、テレビは再び、「奇跡の救出劇」の話題に戻った。

『実は、戸波さんご夫婦の生還の裏には、親子の知られざるドラマがあったのです……』

「ドラマ?」

仲間が素《す》っ頓狂《とんきょう》な声を上げた。

「親子がどうなりゃ、あれで助かるってんだよ」

戸波夫妻を助けたのは松本市のレスキューであり、他の誰かではない。俺は、昨日の救助にほんの少しでも関われたことを内心誇りに思っているので、その「手柄」が親子のドラマに塗り替えられるのには、ちょっと嫌な感じがしなくもなかった。どういうことかと、俺は再びテレビに見入る。再現映像が始まった。

『今年の正月、数年ぶりに、三男の平三《へいぞう》さんの一家が年始の挨拶に訪れました』

なぜか薄暗く作られた映像に、小さな子供を含めた三人連れが映る。

それからしばらくは、この三男と戸波夫妻との確執が語られた。といってもそれほど深刻なものではなく、とにかく都会の大学に行きたい三男と、どこの大学に行ってもいいが私学では金を出せないという戸波夫妻の間で昔ちょっとした言い争いがあったという程度らしい。戸波夫妻の三人の子供はそれぞれ街を出て家庭を持ち、盆に帰ることはあっても、正月には長い間帰っていなかったそうだ。三男も進学先の福岡で結婚しているという。

『孫の顔を見せるために年始の挨拶に訪れた平三さんは、帰り際にあるものを置いていきました。それが今回、戸波さんの命を救ったのです』

真っ暗な画面にスポットライトが差し、お菓子の箱のようなものを映し出す。

「ポテトチップス？」

仲間がそう言ったのも無理はないが、俺は一目見ただけでそれが何かわかった。何しろテレビに映ったのは、うちでも取り扱っている商品だったのだ。

『コーンフレーク。平三さんは、ふだん買い物に不自由する戸波さん夫婦に、いつでも食べられるよう保存の利く食べ物を買っていたのです』

それは事実に反している。

あれが三男の平三だとは知らなかったが、言われてみれば今年の冬、戸波家のあたりで見慣れない男にコーンフレークを売った。確か「子供が朝はコーンフレークじゃないと食べなくてね」というようなことを言っていたと思う。両親の保存食用ではなかった。何箱かまとめて買っていったので、単に、滞在中に食べきれなかった分を戸波家に置いていっただけなのだろう。

『このコーンフレークを食べて、戸波さん夫婦は孤立した三日間を生き延びました。お二人はこう語ります』

再現映像に戸波夫妻の声が乗る。声が微妙にこもり、かつ本人たちの画像が出ないので、電話でインタビューしたものかもしれない。

まずは奥さんの声で、

『はあ、まあ、食べ方もわかりませんで、箱の説明書きを見ながら作りました。息子には本当に感謝しとります』

旦那さんの声が続く。

『なんせ歯ぁが弱いもんですから参りましたが、待っとるうちに食べやすうなりまして、はあ、ありがたいことに三食頂けました』

再現映像が終わり、テレビにはごくふつうのサラリーマンといった風の、三十代半ばぐらいに見える男が映る。確かに、見覚えがあるような気がした。男は緊張しているようだが、それでも嬉しさが抑えきれないというように目が笑っていた。

『平三さんはこう話しています』

というナレーションに続いて、平三の声が入る。

『私が買った非常食が両親の役に立ったかと思うと、本当に嬉しいです。いざというときにあると安心だからと、無理に置いてきた甲斐《かい》がありました』

テレビはスタジオの映像に戻り、解説者が非常食の備蓄がいかに重要であるかを語り始める。黙っているのもおかしい気がするので、言う。

「あのコーンフレーク売ったの、俺だぞ」

しかしその発言は、それほど仲間の感興を呼びはしなかった。

「ま、だろうな」

とか、
「テレビ局に言えよ。宣伝になるぞ」
とか、その程度の気のない返事しかもらえない。まあ、他に言うこともなかっただろう。見ると、仲間たちは全員昼飯を食べ終えていた。誰が言うともなく俺たちは席を立ち、中華料理屋の店主に礼を言って、午後の仕事を再開した。

日没を待たず、道路を塞いでいた大物のごみはだいたい片づいた。西日の中、店と住居を兼ねた自宅に戻ってきた俺を、意外な客が待っていた。

家の前でロングヘアの女がたたずみ、二階を見上げている。何かご用ですかと言いかけて、その横顔に見覚えがあることに気づく。なつかしい、何年ぶりだろう。そこにいたのは大学の先輩に間違いなかった。

「どうしたんです、こんなところで……太刀洗《たちあらい》さん!」

太刀洗さんはこちらに向き直る。久しぶりの再会ゆえか、無表情で通っていた彼女の口許《くちもと》にも、僅《わず》かに笑みが浮かんでいた。

「大庭くん。卒業以来ね」
「びっくりしました。十年ぶりぐらいですか」
「そうね。変わったわね」

俺は自分の頭を撫《な》でた。学生時代は親父のようにはならないと思っていたが、血は争えないもので、ここ数年とみに生え際が後退してきた。

「そうかもしれません」

と言いながら、太刀洗さんの姿を見る。彼女は大きくマチの広いショルダーバッグを提《さ》げ、酷暑に耐えられる薄着をしていた。そして艶《つや》のある髪や、切れ長の目や、小さく薄いくちびるに、何一つ記憶と異なるところはない。先輩には十年の歳月は降り積もらなかったのだろうか。思わず、溜め息のように呟《つぶや》く。

「……太刀洗さんは、変わらないですね」

するとと彼女は、これは記憶にない柔らかな声で言った。

「困ったことにね」

俺は容姿について言ったのだが、太刀洗さんは別の意味で受け取ったように思えた。あるいは、わざと曲解したのかもしれない。

太刀洗さんは大学の一年先輩で、口数は多くなくコンパなどにもあまり出てこないが、会えば強い印象が残る人だった。ゼミではずいぶんやり込められたが、どんなに手厳しいことを言われても、彼女は悪意で言っているのではないとすんなりと了解できた。高校までの「教わる」姿勢が抜けなかった俺は、太刀洗さんの振る舞いから、大学では「学び取る」ことが基本なのだと思い知った。いまの仕事では、大学で学んだことを直接生かす機会はない。けれど自ら学ぶ姿勢というか、世の中に向かい合うにあたっての立ち方のようなものを学生時代のうちに確立できたのは、本当によかったと思っている。その全てを太刀洗さんから学んだわけではないが、部分的には、間違いなくそうと言える。

まさか、また彼女に会う機会があるとは思っていなかった。朝から続いた肉体労働の疲れも忘れ、俺の声は弾《はず》む。

「元気そうで何よりです。太刀洗さんは確か、東洋新聞に入ったんでしたっけ」

太刀洗さんはかぶりを振った。

「いろいろあって、やめたの」

「……そうでしたか」

「いまはフリーで仕事をしてる」

そう言って、彼女は名刺を一枚、俺に差し出す。その肩書きは「記者」になっていた。両手で受け取った名刺をまじまじと見て、訊く。

「じゃあ、ここには取材で？」

言わずもがなのことだった。観測史上例を見ない豪雨に襲われた西赤石市に、観光で来ているはずもない。

「ええ。ちょっと、訊きたいことがあってね」

「訊きたいこと？　誰にですか」

「何人かいるけど……。まずは、君」

「はあ、俺ですか」

間の抜けた声になってしまった。

ひたいを汗がしたたり落ちる感覚で我に返る。日が傾きかけているのに、少しも涼しくなった気がしない。立ち話には向かない気温だ。

「まあ、とにかく上がっていきませんか。冷たい麦茶ぐらい出しますから」

するとと太刀洗さんは涼しい顔で、

「助かるわ。喉《のど》が渇いていたの」

と言った。


家の一階はもっぱら雑貨屋になっていて、俺と両親は二階で生活している。店番をしているおふくろは俺たちの話を聞いていたらしく、美女の訪問に変な気をまわすこともなく「息子がお世話になっております」と頭を下げた。

居間として使っている六畳間で、俺と太刀洗さんは卓袱台《ちゃぶだい》を間に挟んで座った。客用の湯呑みに麦茶を用意するが、喉が渇いていると言っていたはずの太刀洗さんは、半分ほどしか飲まなかった。茶托《ちゃたく》に湯呑みを置き、言う。

「昨日は大変だったわね」

いろいろあったが、昨日俺が人目についた機会といえば、やはり戸波夫妻の救助だろう。ただ、俺たち消防団があの場にいたという話はテレビや新聞には出ていなかったし、昼に見た映像にも映っていなかった。考えられることは一つしかない。

「あの場にいたんですか」

頷《うなず》きが返る。

「報道陣が並んでいたでしょう。あの中にいた」

「気づきませんでした。太刀洗さんは俺のこと、わかりましたか」

「遠目だったから、最初は自信がなかったわ。長野出身だとは聞いていたけど、まさか大学時代の後輩をあんな状況で見かけるなんてね。双眼鏡で見て、ようやく間違いないって思った」

「双眼鏡？」

「割とよく使う道具よ」

そう言って太刀洗さんは、畳に置いたショルダーバッグに手を乗せた。学生時代の太刀洗さんしか知らない俺からすると、彼女に愛用の仕事道具があるということが、過ぎた時間を感じさせて寂しいような心持ちがする。そんな気分を振り払うように、俺は笑って言った。

「声をかけてくれればよかったのに」

「そんなことできない。万が一のとき、浮き輪を投げ込む役目だったんでしょう？」

「なあに、俺たち、どうせ出番はなかったんです」

太刀洗さんの涼やかな目が、ふと、まともに俺を捉えた。

「いいえ。立派な振る舞いだった」

思いがけない言葉に俺は曖昧《あいまい》に笑い、誤魔化《ごまか》すように麦茶に口をつける。誰もが川を渡る戸波夫妻に注目していたそのときに、自分が見られているとは思っていなかった。

咳払いして、湯呑みを置く。

「……それで、俺に訊きたいことっていうのはなんですか」

「そうね」

太刀洗さんの雰囲気が、どことは言えず変わった。

「まず、メモを取らせてもらっていい？」

「どうぞ」

ショルダーバッグのサイドポケットから、革の手帳とボールペンが出てくる。

「まず確認させてね。戸波さんの家に生活用品を売っていたのは、大庭くんの店で間違いない？」

思わず声が詰まった。

「あの、どこでそんなことを」

秘密にしていたわけではないが、公言もしていない。

太刀洗さんは困ったように首を傾《かし》げた。

「そんなに驚くことじゃないでしょう。戸波さんの家の近くに店はないし、見たところ、戸波さんは車を持っていないようだった。バス路線もないそうね。買い物はどうしていたんだろうと思って近所の人に訊いたら、大庭商店の移動販売で買ってるって教わっただけ」

「ああ、まあ……」

確かに、筋道立てて聞けば不思議なことではない。

「そうです。うちの移動販売を使ってもらってます」

「あのあたりに、他に移動販売をしている店はある？」

「ありません」

一拍置いて、少しだけゆっくりとした声が重ねて訊いてきた。

「本当に？」

どうだろうか。真剣に考えてはいなかった。天井を仰《あお》いで、考える。生活雑貨を売っているのはうちだけだが、移動販売全体で考えると、確かに他にも思い当たる。

「……ガスと灯油は、小売店が一軒ごとにまわって補充していきます。ガスはボンベの交換ってことになりますけど。俺が子供の頃は豆腐とか物干し竿を売る車とかも見かけましたが、最近はないと思います」

「なるほど」

「それと、廃品回収は行ってるんじゃないかと思いますが……ちょっとわからないです」

太刀洗さんの表情がやわらいだ。

「ありがとう。ということは、食料品はだいたい大庭くんのところで手に入れていたと考えていいのかな」

「いや、それは違うでしょう」

思わずそう言い返すと、太刀洗さんはすぐに、

「あ、それはそうね。迂闊《うかつ》だった」

と言った。

「あのあたりは農地が多かった。戸波さんも、自分の田んぼや畑を持っていておかしくない」

「はい。それに、余った農作物を交換しあったりもしていたと思います」

「そういうこともあるのね。あのあたりには、牧畜をやっている人もいるの？」

「鶏ぐらいなら飼ってる家もあるかもしれませんが、牧畜専門でやってる家はないと思います」

頷きながら、太刀洗さんはものすごい速さでペンを走らせていく。俺はふといまさらのように、彼女は何を知りたいのだろうと思った。大沢地区に商店がなく、移動手段に乏しい高齢者が日々の生活に困っている現状には、確かに問題がある。しかしこの地域が未曾有の豪雨に見舞われた直後に、このあたりでの買い物がいかに困難かを調べに来たわけではないだろう。

うちの商売と今回の水害の関連について、思い当たることは一つだった。さっき中華料理屋で消防団の仲間たちに話したこと、つまり、戸波夫妻が孤立していた間に食べていたコーンフレークの出所がうちの移動販売だということしか、水害と大庭商店は関係していない。そこまでは察しがつくが、その先がわからない。なら、単刀直入に訊くに限る。

「あの、つまり……太刀洗さんは、何が知りたいんですか」

短い沈黙の後に、

「まだわからない」

という言葉が返ってきた。

「直感的に、不思議に思うことがあるの。でもそれが本当に説明のつかないことなのか、もう少し調べてみないとわからない。もしかしたら、ものすごく単純なことかもしれないし」

「戸波さんが買ったコーンフレークのことを知りたいんですよね？」

　すると太刀洗さんは、当たり前のことを言われたように、表情を変えずに頷いた。

「そうよ」

「それならどうして、あれを売ったのはお前かと訊いてくれないんですか。まわりくどいですよ」

　太刀洗さんはペンを置くと手を伸ばし、ゆっくりと湯呑みを口に運んだ。音も立てずにそれを茶托に戻し、少し首を傾げる。

「それは、訊くわけにはいかないでしょう」

「どうしてですか」

「考えてみて」

　そう言われて、一瞬、学生時代の思い出が甦った気がした。彼女は、安易な質問には答えなかった。

「お得意様に何を売ったか教えてくれって訊かれたら、大庭くんは答えた？」

　……ああ、そうか。確かに。

「もっともです。お客さんが買ったものを、むやみに明かすわけにはいかない。本人の許しがあるならともかくとして」

「警察なら訊くこともあるだろうけど、わたしは警察じゃないからね。答える側にしこりが残る質問はしたくない」

小声の、他人に聞かせるようではない呟きが続く。

「できるだけは」

難しいものだが、俺は少し寂しかった。太刀洗さんの姿勢はまっとうだと思うけれど、俺は一面識もない相手というわけではないのだから、もうちょっと頼ってくれてもよさそうなものなのに。

「じゃあ、他に何か、俺に答えられることはありませんか」

つい内心が言葉に出てしまった。太刀洗さんは俺の顔をじっと見ると、あるかなきかの笑みを浮かべた。

「ぜひ、教えてほしいことがあるわ」

「なんでしょう」

「この店が最後に大沢地区で移動販売をしたのは、いつ？」

あまりに簡単な質問で、拍子抜けしてしまう。

「大沢地区には、月曜と木曜の二回行きます。先週の木曜は台風で行けなかったから、だから、月曜日……っと」

慌てて言い直す。

「先週の月曜日は十四日か。うちも盆休みでしたから、その前の木曜日ってことになります」

「というと、十日ね」

「はい」

俺は思わず、でも戸波平三がコーンフレークを買ったのは今年の一月ですと言いそうになったが、太刀洗さんが気を遣ってくれたことを無下《むげ》にはできず、言葉を呑み込むしかなかった。年始の挨拶に来たときに買ったのだということはテレビでも言っていたから既に広く知られた情報と言っていいだろうし、太刀洗さんもチェックしていると思うが……。それとも上手の手から水が漏れたのだろうか。彼女はペンを手に、いま自分がメモを取ったばかりの手帳をじっと睨《にら》んでいる。

「八月十日」

やはり教えた方がいいだろうか。そう思ったとき、太刀洗さんが手帳をそっと閉じた。

「ありがとう、大庭くん。これでずいぶん考えやすくなった」

何を問題にしていたのか、何を考えやすくなったのか、さっぱりわからなかった。やはり、太刀洗さんに何かの誤解があるのではないか。そう思う俺の前で太刀洗さんは頭を下げ、

「お疲れのところ、ありがとう。会えて嬉しかった」

と席を立とうとする。つられて、俺も腰を浮かした。

「いえ……。大した話もできなくて。あの、太刀洗さん、これからどうするんですか」

太刀洗さんはショルダーバッグを肩にかけ、答えた。

「戸波さんにお話を伺おうと思ってる」

「戸波さんに？」

鸚鵡《おうむ》返しに訊いてしまう。

「そう。難しいところだけど、やっぱりあの人たちに会わないことには取材が終わらない。いまから行けばまだ迷惑な時間でもないだろうけど、もちろんお疲れだろうから、今日は無理かもしれない。いちおう、明日までは粘ってみるつもり」

「それ、俺も行っていいですか」

自分でも意外な言葉が出た。戸波さんの元気な姿は見たかったし、太刀洗さんが結局何を考えているのか知りたい気持ちもあった。けれど同行を願った一番の理由は、十年ぶりに偶然会った先輩と、もう少し話していたいからだったかもしれない。意表をつかれたのか、太刀洗さんは切れ長の目を僅かに見開く。

太刀洗さんは、理由を訊かなかった。少し考え、

「いいわ。ただし」

と条件をつけた。

「空振りだったらごめんなさい。そして、もし戸波さんが取材は嫌だと言っても、口添えはしないで。あなたとお得意様の関係を乱したくはないから」

「わかりました」

「もう一つ。もし、大庭くんがいたら話しにくいってことになったら、席を外してもらうかもしれない」

最後の条件は、よくわからなかった。顔なじみの俺には話せても初対面の太刀洗さんには話しにくいということなら、いかにもありそうだが、太刀洗さんはその逆の可能性を考えている。

どういうことだろうと訝《いぶか》りつつも、俺は頷いた。

3

大沢地区の水はだいぶ引いたらしいが、再度の土砂崩れの危険がある戸波家周辺は、立ち入りが制限されている。戸波夫妻は、避難所に指定されている大沢公民館にいるそうだ。

移動には、俺のプリウスを使うことにした。移動販売用のミニバンは故障してしまったが、自宅から離れた駐車場に駐《と》めていたプリウスは無事だったのだ。まさか、この車に太刀洗さんを乗せることがあるとは思ってもみなかった。綺麗に使っていてよかったと、心から思う。

車の中では、ほとんど話をしなかった。太刀洗さんは消防団の活動についていくつか質問し、俺はそれに答えた。大沢地区に入ったあたりで携帯電話が鳴り、太刀洗さんは「ごめんね」と言ってその電話に出た。

「もしもし。……ええ、大丈夫。そう、わかった。ありがとう」

ひどく事務的な単語を口にしただけで電話を切ると、彼女は前を見たままで言った。

「原口さんの遺体が見つかったわ。戸波さんの隣の家の。二人とも、いけなかったそうよ」

俺は息を呑み、

「そうですか……」

と言うのが精一杯だった。あの理不尽に罵《ののし》ってきた爺さんが死んだと聞いても、かなしみは湧いてこない。ただ、人は簡単に死ぬんだなという思いを、いまさらのように嚙みしめるだけだ。

「もう一軒の捜索も続いているけど、そちらは難航しているみたい」

「完全に埋まっていましたから、そうでしょうね」

ふっと息を吐く。

「まあ、戸波さんご夫妻だけでも助かってよかったと思うしかないです」

大沢公民館が見えてくる。屋根も壁もトタンで覆われている無愛想な建物だが、玄関だけは無垢材を使って立派に仕上げている。駐車場は広く、普通車なら二十台は置けるだろう。ここで葬式をやることも多いので、無駄な広さではない。

その駐車場の片隅にプリウスを駐める。ドアを開けると、昼間よりも湿度を増したような熱気が全身にぶつかってきて、たちまち汗が滲《にじ》むのを感じた。

駐車場に、他の車はなかった。昼のテレビで戸波夫妻が大きく取り上げられたところを見ていたので、中継車の一台や二台は来ていると思っていた。

「他の記者は来てないんですね」

「テレビは、昨日訊くことは訊いたからだと思うけど……雑誌は来てるかもしれないと思ってたわ。運がいい」

太刀洗さんが運を語ることに若干の違和感があった。運の良し悪しにかかわらず、最善を尽くして望む結果を得る着実さの方が、俺が彼女に抱いていたイメージには合っている。とはいえ他の記者が取材に来ているかどうかはコントロールできることではないので、運がよかったとしか言えないのも理解できた。

公民館のドアは施錠されておらず、太刀洗さんが手を掛けると、引き戸はからからと音を立てて開いた。玄関の三和土《たたき》には何足か外履《そとば》き用のビニールサンダルが並んでいるが、靴は泥まみれの二足しかない。いま、中には戸波夫妻しかいないのだろう。公共施設とはいえ、人がいるとわかっていて無言で上がるのはためらわれる。どうするのかと思っていたところ、太刀洗さんが声をかけた。

「ごめんください」

「……はい」

大沢公民館は小さな建物ではない。地区の人口に比して不釣り合いなほど大きく、部屋数も多いのに、返事はすぐ近くから聞こえてきた。

ほどなく、戸波の旦那さんが姿を現す。痛ましさに、俺は目を背けたくなった。前回間近で会ったのは、いつのことだっただろう。一ヶ月までは遡《さかのぼ》らないと思う。それなのに旦那さんの顔は、頬《ほお》はこけ目はどんよりとして、一気に十年も年を取ったように見えた。太刀洗さんではなく俺を見て、

「ああ。大庭さん。よく来てくれました」

と無理に笑おうとする。俺は一歩前に出て、店から持ってきた羊羹《ようかん》を差し出す。

「ご無事でよかったです。これ、お見舞いです」

旦那さんは目を丸くした。

「そんな、ご迷惑をおかけした上に、こんなことまでしていただいては……」

「迷惑などとおっしゃらないでください、ご無事で何よりでした。ほんの気持ちばかりですから」

「ですが……」

「日持ちもしますから、どなたかと召し上がっていただければ」

押し問答の末、ようやく受け取ってもらえた。旦那さんは羊羹を、それが金の延べ棒ででもあるかのようにうやうやしく捧げ持ち、それから太刀洗さんに目を向けた。

「そちらは?」

太刀洗さんが頭を下げる。

「突然お邪魔してすみません。わたくし、記者の太刀洗と申します。お疲れのこととは思いますが、今回の水害について、少しお話をお聞かせいただけませんか」

記者と聞いて、旦那さんの動きが一瞬止まる。顔が苦しげに歪み、目だけが、どうしてあなたが記者を連れてくるのかと問いたげに俺を見る。その視線を受けて思わず、

「大学の先輩なんです。取材に行くというので、同行させてもらいました」

と言い訳をした。

戸波の旦那さんは、一瞬の狼狽からすぐに立ち直った。表情の硬さこそ拭《ぬぐ》えないものの、太刀洗さんに深々と礼を返す。

「それは、わざわざご苦労さまです。立ち話も失礼でしょうから、奥で聞かせていただけますか」

「いえ、お時間をいただいては申し訳ありませんから」

「そうですか？　でもまあ、せっかくです。自分の家でもないのにこんなことを言うのはおかしいですが、どうぞご遠慮なさらず」

「……では、お言葉に甘えて」

太刀洗さんは靴を脱いで館内に上がり、俺もそれに続く。

戸波の旦那さんが案内してくれたのは、玄関脇の小さな部屋だった。畳敷きの四畳半に丸く小さな卓袱台が置いてあり、薄茶色の座布団《ざぶとん》に戸波の奥さんが背を丸めて座っていた。大沢公民館にはもっと広い部屋がいくつもあり、そのどれもが使われていない。それでもこの狭い部屋を選んだ戸波夫妻の心境は、察するに余りある。

部屋に入った太刀洗さんを見て、奥さんが腰を上げた。その目は、なぜかひどく怯《おび》えて見える。旦那さんが短く説明する。

「こちらは記者さんだ。話を聞きたいそうだ」

奥さんはゆっくりと小さく頷き、太刀洗さんに向けて微笑《ほほえ》みを作った。

「それはご苦労さまです。お茶ぐらいお出ししたいところですが、なにぶん……」

「ここの茶葉も市の備品でして、まことに行き届かず申し訳ないことで」

旦那さんが言葉を引き取って、頭を下げる。太刀洗さんは心なし硬い表情で、

「どうぞ、お気遣いはなさらないでください。すぐに帰りますから」

と言った。奥さんはなおも二言三言、お構いもできませんでと呟いていたが、そこでようやく俺の存在に気がつくと、はっとした顔で目を伏せてしまった。

狭い四畳半にある座布団は二枚だけで、二人は畳に座らなくてはならない。戸波夫妻は太刀洗さんと俺に座布団を譲ろうとしたが、俺たちはそれを頑《がん》として固辞し、夫妻が渋々ながら納得して四人が卓袱台を囲んだときには、俺は早くも帰りたいほどの息苦しさを感じていた。

「今回は本当にご災難でした」

と、太刀洗さんが口火を切る。

「本当に、いろんな方にご迷惑をおかけしてしまいました。どうお詫《わ》びしていいものか、言葉もありません」

言いながら、旦那さんは頭を下げている。太刀洗さんはメモを取るでもなく、淡々と言う。

「あれほどの豪雨になるとは、気象庁も予測していなかったようです。今回、救助の関係者にもいろいろお話を伺いましたが、皆さん必ずおっしゃるのはお二人がご無事でよかったということです」

そして最後に、

「わたしも、その気持ちは同じです」

と付け加える。

つまり太刀洗さんは、土砂崩れは誰にも予想できなかったし、救助活動が迷惑だとは誰も思っていないのだと伝えることで、二人を励ましたのだ。ただその話し方があまりに冷静なので、彼女の気持ちは戸波夫妻には伝わらなかっただろう。現に戸波夫妻は何を言われたのかよくわかっておらず、

「はあ、まことに、申し訳ないことで……」

と曖昧に言うばかりだ。

太刀洗さんはちらりと四畳半に目を走らせた。

「昨日から、この部屋に入られたんですか」

旦那さんが頷き、ぽつりぽつりと答える。

「はい。消防の方々には大変親切にしていただいて、昨日はまず病院に連れていっていただきましたが、おかげさまでお医者さまに二人とも体の方は大丈夫と言っていただけましたので、これはもうすぐに帰れるものと思っておりましたが、家の方がなんですか、まだ危ないし電気もいけないし、帰ってはいかんと市の職員の皆さまに言われまして、こちらに案内していただきました。布団や食べ物も頂きまして、本当に申し訳ないことです」

一言一言、迂闊なことは言わないよう気を張った喋《しゃべ》り方に聞こえた。三日間全国の注目の的であり続け、救出の場面を生放送されたら、それを負い目に感じてこれほどまでに首を縮めていなくてはならないのか。俺は消防団員として戸波夫妻を助ける手伝いをしたつもりだったが、

自分が何をしたのかわからなくなってきた。

太刀洗さんは、戸波の旦那さんの悲痛な言葉にも表情を変えず、

「よくお休みになれましたか」

と訊いただけだった。

言うだけ言って少し気が抜けたのか、旦那さんの表情が僅かに緩《ゆる》んだ気がした。

「はあ、おかげさまで……よく休ませていただきました」

太刀洗さんが奥さんの方に目を向けると、奥さんも口許を緩める。

「枕が合わんといけないかと思いましたが、はあ、全くおかげさまで」

「それは何よりでした」

少し、太刀洗さんの声が柔らかくなった。

九死に一生を得た戸波夫妻が、心労で夜も眠れないというのでは俺もやりきれない。休めたという一言だけでも気が楽になる。

四畳半の部屋は、一瞬しんと静まりかえった。

俺はさほど鋭い方ではないが、その瞬間、はっきりとわかった。話の前置きは済んで、ここからが本題なのだ、と。

この期《ご》に及んでも、俺は太刀洗さんが何を問題にしているのか、見当もつかなかった。コーンフレークの何かを気にしているということは、彼女も認めた。何か疑わしい点があっただろうか？　あるいは、コーンフレークそのものではなく、それを買った戸波平三に問題があるの

だろうか。戸波平三がコーンフレークを買ったのは今年の一月だった。たとえば……彼がいま、何か全く別の事件で疑われていて、一月にどこにいたかを証明する必要がある、とか。

「記者さん」

戸波の旦那さんが、おずおずと切り出す。

「訊きたいことというのは、それだけでしょうか」

「いえ」

太刀洗さんの声は、変わらず歯切れのいいものだった。

「ぜひとも教えていただきたいことがあります」

「と、おっしゃいますと」

「その前に申し上げますが、もし、ここにいる大庭くんには席を外してもらった方がよければ、どうぞおっしゃってください」

戸波夫妻が不安げな視線を交わし合う。どちらからともなく二人が頷くのを待ち、太刀洗さんは言った。

「では、お尋ねします。……コーンフレークには、何をかけたのですか?」

なんて質問だ。

水害の恐怖に覆われた西赤石市に乗り込み、俺をはじめ様々な人に取材をし、本丸の戸波夫妻のところまで押しかけたのは、そんなことを訊くためだったとは。俺は耳を疑った。どうでもいいではないか。太刀洗さんはどうしてしまったのだ。まさか大学卒業後十年以上の年月を経て、彼女は自らが追う最重要テーマとして、他人の飯の食い方を選んだのか。

……しかし、問いかけられた戸波夫妻の反応は、予想だにしないものだった。

戸波の旦那さんは微動だにせず、疲れきった顔を石のように強張《こわば》らせ、じっと太刀洗さんを見つめている。

奥さんの方は対照的に、旦那さんと太刀洗さんの間できょろきょろと視線をさ迷わせ続ける。

それまでと変わらない声で、太刀洗さんが質問を重ねる。

「ご子息の平三さんがお買いになって、お二人のご自宅に置いていったコーンフレークを、お二人は今回の水害の中で召し上がったと聞いています。その際、コーンフレークには何をおかけになりましたか？」

二度目の問いで、旦那さんの表情が変わった。

落ちくぼんだ目が潤《うる》んだかと思うと、たちまち大粒の涙が溢れ始める。

「それは……」

「あんた！」

奥さんの制止の声に、旦那さんは首を横に振る。

「いいんだ、お前、いいんだ」

「あんた……」

「お前は悪くない。悪いのは、ぜーんぶ、このおれだ」

言い聞かせるような言葉に奥さんは顔を伏せ、嗚咽《おえつ》を上げ始める。

戸波の旦那さんは一度だけ涙を拭うと、背をぴしりと伸ばし、これまでよりも錆《さび》のある声で言った。

「太刀洗さんとおっしゃいましたな。よく……よく、それを訊いてくださいました。いつか誰かに訊かれることなら、早い方がよかった。ありがたい」

そして旦那さんは、事情を呑み込めずにいる俺をちらりと見た。

「大庭さんをお連れになったということは、おおよそ察していらっしゃるかと思います」

「もしかして、と考えていることはあります」

「そうでしたか。……そうです、わたしらは、あのコーンフレークに牛乳をかけました」

一般的な食べ方だ。

豆乳やヨーグルトをかけるやり方も、ぽつぽつ聞くようになった。しかしやはり主流は牛乳をかけて食べる方法だろう。確か奥さんは昼間のテレビで、食べ方もわからないから箱の説明書きを見ながら作ったと言っていた。つまり、戸波夫妻はコーンフレークを、風変わりなやり方で食べたわけではない。

「では……」

「はい」

旦那さんが頷く。

「冷蔵庫が必要でした」

頭を殴られたような気がした。冷蔵庫！

そうか、そうだったのか。

冷蔵庫は絶対に必要だったはずだ。台風12号が長野県南部を直撃した今月十七日以降、台風一過の長野は、これでもかというほどの暑さに見舞われた。

しかも、戸波夫妻がその牛乳を手に入れたのは、今月十日の可能性が高い。夫妻はバス路線のない大沢地区に住み、ふだんはうちの移動販売で食料品を買っているが、先週の巡回日である十四日はうちが盆休みを取り、次の巡回日は台風で潰れたからだ。今日は二十一日、低温殺菌牛乳ならもう消費期限はとっくに切れているし、ふつうの殺菌法で作られた牛乳を冷暗所で保管していたとしても、そろそろ飲みきった方がいい時期だ。古くなりかけた牛乳を、あの猛暑の中で冷蔵庫に入れていなかったら、一晩待たずに腐り果ててしまうだろう。

しかし、戸波家の電気は使えなかった。家は無事だったが引込線に枝が絡み、電話と電気の線をいっしょに切ってしまっていたからだ。

冷蔵庫以外に、牛乳を冷やして保存する方法があったのだろうか？　流水に晒《さら》すのはどうだろう。――いや、だめだ。今回の水害では広い範囲で断水が起きていた。

ガスは？　ボンベが各戸にあるから、ガスなら使えたはず。牛乳を沸かして殺菌すれば……いや、三日間も煮沸殺菌を繰り返せたとは思えない。蒸発しきってしまう。

では、どうやって牛乳を保存していたのか。

太刀洗さんが言う。

「大庭くんは、外に出てもらいましょうか」

戸波の旦那さんは少しためらい、ゆっくりと首を横に振った。

「いや、聞いてもらいましょう。隠すことに疲れました」

俺は息を吞んだ。

「戸波さん……冷蔵庫、どうしたんですか」

真っ赤に充血した目が、まともに俺を捉える。

旦那さんは震える声で言った。

「原口さんの家のを」

原口さん。

戸波家の、隣の家。今回の土砂崩れで不幸にも寝室を直撃され、ついさっき二人とも死亡が確認された。

そうだ。土砂崩れに襲われたのは、寝室だけだった。

俺の顔色が変わるのに気づいたのか、旦那さんが浅く頷く。

「原口さんの家の台所に入り、冷蔵庫に牛乳を入れて冷やしました」

「……」

「夜が明けりゃ食い物が腐っていくのは目に見えていたし、助けは来そうもない。日持ちのするものは梅干しがいくつかと、息子が残していったあの干菓子のような物しかなかった。箱の説明書きを読めば牛乳をかけろと書いてあるから、そういうものかとわかったはいいが、冷蔵庫がやられては牛乳もすぐにだめになる。いったんは、飲まず食わずでいる覚悟を決めました」

太刀洗さんが言葉を挟む。

「そして、原口さんのお宅に向かったんですね」

ずっと嗚咽を漏らしていた奥さんが、はっと顔を上げた。

「うちのひとは、助けに行ったんです。原口さんはまだ助かるかもしれないって、スコップを持って……」

「どうにもなりませんでした」

と、旦那さんが小声で言う。

「原口さんが埋まっとることはわかっとりましたが、一抱えもある石がごろごろしていては、この年寄り一人ではどうにも。ただ、わたしはそのとき、原口の家は電気が来ていると気づいたんです。冷蔵庫に牛乳を置かせてもらうことを言い出したのは、わたしです」

「いえ！」

奥さんが悲鳴のような声を上げる。

「そうじゃなかったじゃありませんか。あたしが、牛乳さえなんとかなれば、平三の置き土産でしばらくは凌げると言い出したからでしょう」

「それを聞いて、おれが原口の家に持っていったんだ。おれが言い出したことにゃ違いねえ」

脳裏にその状況が浮かんでくる。

予報を遙かに上まわった豪雨と、それに続く土砂崩れで、二軒隣の家は土砂に埋まり、一軒隣の家には人の気配がない。麓《ふもと》の川は氾濫《はんらん》し、橋を押し流してしまった。いつ次の土砂崩れが起きるかわからず、水も食料も当てがない中、戸波さんは牛乳パックを持って家を出る。土砂の中に埋まっているだろう隣人の、冷蔵庫を借りるため。それで日持ちさせた牛乳で、作り方もよく知らない食べ物を食べるため。

思うことはやはりただ一つ、戸波夫妻が無事でよかったという、それだけだ。

けれど夫妻が罪悪感にかられるのも、わかる。俺だって同じ状況に立たされたら誰にも言えず、そして誰にも言えないというそのことに苦しめられるだろう。

太刀洗さんが訊く。

「原口家の冷蔵庫に入っていた物は、どうしましたか」

「どうって、どうもしません」

当たり前のように、旦那さんが答える。

そうなのだ。原口家には食料があった。原口さんは日頃から自分の軽自動車で買い物に行っていて、うちの移動販売の盆休みに影響されることなく買い物ができたはずなのだ。

しかし戸波さんは、その食料には手をつけなかったという。そのことを誇るでも、食料に手を出さなかったことで冷蔵庫を借りたやましさを相殺《そうさい》しようとするでもない。

「……わかりました」

小さく頷き、太刀洗さんが言う。いまさらながら、俺は太刀洗さんがメモを取っていないことに気づいた。

「今日お伺いしたことの取り扱いですが、何かご希望はありますか」

戸波夫妻が嫌なら、表には出さないという意味だろう。しかし夫妻は全く迷うことなく、

「存分になさってください」

と答えた。

「黙っているのは本当につらいことでした。聞いていただけてよかったという思いは本当です。この上、世間様には黙っていてほしいなどと、虫のいいことは申しません」

「あたしも亭主と同じ考えです。それでもし、あいつらは鬼だと言われても、当然の報《むく》いというものだろうと思います」

「お二人が、そういうお気持ちでしたら」

太刀洗さんは畳に手をつき、正座のまま少しだけ後ろにずり下がると、深々と頭を下げた。

「お話を、ありがとうございました」

おそらく無意識に、戸波の旦那さんが深い深い息を吐いた。

4

長い夏の日が、ようやく暮れかけていた。

彼方に、土砂崩れに呑まれた高台が見えている。一朝一夕に新しい橋が架けられるとは思え

ず、となれば重機はまだ入れないだろうから、日のある限り人力での捜索が続けられているのだろう。もし捜索が長引けば、消防団の出番もあるかもしれない。

駐車場に駐めたプリウスのドアを開けると、太刀洗さんは、

「ここまで乗せてくれてありがとう。でも、もう少しこのあたりを見ていきたいから、帰りはタクシーを使うね」

と言った。それなら俺も残ると言いたかったが、あまりくっついていては仕事の邪魔になる。

「わかりました。お気をつけて」

「また、どこかで」

「はい」

それでも名残《なごり》が尽きず、俺はプリウスに乗り込むこともなく、ぼんやりと立っていた。太刀洗さんと俺の仕事にはほとんど接点がない。ここで別れてしまえば、あるいは、もう一生会うこともない。

他にもっと言うべきことがあったのかもしれないが、俺の口から出たのは、

「書くんですか」

という言葉だった。

「戸波さんの話は、記事にするんですか」

夫妻は、書いてもいいと言っていた。彼らが負い目を告白して楽になったというのも、嘘ではないだろう。けれどそれを記事にして全国に公開するのは、やはり少し違う話なのではない

かという気がする。世間には心ない人もいる。彼らは、行方不明者の家に入り込んで自らの命を繋《つな》いだ戸波夫妻を、非難するだろう。

太刀洗さんは、漠然と大沢地区の田園風景を眺めながら頷いた。

「書くと思う」

「ですが」

「大庭くんの言いたいことは、わかる。でも、あの二人がコーンフレークを食べて三日間過ごしたことは、テレビで流れてしまった。うっかり言ってしまったのか、それとも罪の意識から遠まわしな告白をしたのかはわからない。わたしに言えるのは、テレビを見ていた人の何割かは、わたしと同じ疑問を持っただろうということ」

「疑問に答えるために記事を書くんですか」

切れ長の目がこちらを向く。

「そういう仕事だからね」

「……」

「それに、どこにも情報がなければ、噂は際限なく無責任なものになっていくでしょう。わたしが記事を書いても影響力は知れているけれど、どこかには情報があるという状況は作ることができる。少しは違うはず」

コーンフレークをどうやって食べたかを誰も記事にしなければ、戸波夫妻がコーンフレークを食べたのは嘘で、本当は原口家から食べ物を盗んだのだという噂が立っても、誰も反論できない。しかし太刀洗さんが戸波夫妻から聞いたことを記事に書けば、論点は記事を信じるかどうかという点に移っていく。その議論は生産的なものとは言えないが、一方的な誹謗《ひぼう》に比べれば、ずいぶんマシだ。……太刀洗さんが言いたいのは、そういうことではないか。

最後に、俺はもう一つ、どうしてもわからないことを訊いた。

「戸波夫妻が事実を告白したがっているって、どうしてわかったんですか」

夫妻が冷蔵庫のことは誰にも知られたくないと心底怯えており、事が露見したらパニックに陥ってしまうという可能性も充分に考えられたはずだ。ただでさえ恐ろしい思いをした戸波夫妻がそんな心痛を受けたら、どんな重大な結果が起きても不思議ではない。

しかし実際には、夫妻は聞いてくれてよかったと言っていた。顔つきも、心なしか重荷を下ろしたようになっていた。太刀洗さんはこの結果をどうやって予見したのだろう。

予想だにしない答えが返ってくることを期待していた。太刀洗さんは、なんらかの方法で戸波夫妻の心境を読みきって取材に臨んだのだと思っていた。それでこそ、学生時代に俺が尊敬した太刀洗万智だと思いたかった。

けれど彼女は、

「今回は運がよかった」

と言った。

「運？」

「そうね」

言葉を失った俺の耳に、独白めいた声が届く。

「自分の問いで誰かが苦しまないか、最善を尽くして考えたつもりでも、最後はやっぱり運としか言えない。わたしはいつも綱渡りをしている。……特別なことなんて何もない。単に、今回は幸運な成功例というだけよ。いつか落ちるでしょう」

記者として質問することが綱渡りであるのなら、彼女はこれまで一度も落ちたことがないのだろうか。

おそらく、そうではないのだろう。大学を卒業してから十年も記者を続けてきて、全てが上手くいくはずがない。彼女はこれまで幾人もかなしませ、幾人も憤《いきどお》らせてきたのだろうし、これからも何度も何度も悲鳴と罵声《ばせい》を聞くことになるのだろう。

太刀洗さんは顔を上げ、ゆっくりと歩き出す。

「行っておきたい場所があるの。もう少し話していたかったけど、もう行かないと。今日は会えて嬉しかった。さようなら」

緑なす山並みに包まれた信州では、暮れていく日がいったん山にかかれば、夜になるのは早い。立ち去る太刀洗さんの背中は徐々に暗がりに呑まれていき、俺はもう一言もなく、その姿を見送ることしかできなかった。彼女の綱渡りの恐ろしさを思い、ただ心の中で願うだけだ。

——どうぞ道中、お気をつけて。

単行本版あとがき

この短篇集は少し変わった経緯を辿って成立した。

二〇〇七年、「ユリイカ」（青土社）で自分の特集が組まれることになり、急遽《きゅうきょ》小説の新作が必要になった。時間も準備もない中でふと思いついたのが、『さよなら妖精』の登場人物の太《た》刀洗《ちあらい》万智《まち》が大人になり、子供の頃よりも大きな責任を負って真実と向き合う物語だった。今回の収録に当たり、「正義漢」と改題した小品がそれである。しかしこの時点では、太刀洗を主役としたシリーズ短篇を次々に書いていこうとは考えていなかった。

転機は「ナイフを失われた思い出の中に」だった。これは一つの街を舞台に複数の作家が短篇を寄せるアンソロジー企画『蝦蟇倉《がまくら》市事件』のために書いたもので、事件そのものは暗号ミステリであり、小説としては太刀洗万智の覚悟を問うものになった。人間ひとりひとりが持つ役割を問うこととミステリを重ね合わせる構造は、アイザック・アシモフ『黒後家蜘蛛《くろごけぐも》の会』に源流がある。私なりの解釈と再構成が成功を収めたかの判断は読者に委《ゆだ》ねる他ないが、いずれにしてもこの短篇は、シリーズ全体のトーンを定めたと思う。

世に出るまでに最も紆余《うよ》曲折を経た短篇は、「真実の一〇メートル手前」だ。表題作となるこの短篇は他の五篇と異なり、太刀洗万智が新聞記者だった時期を舞台にしている。彼女がフリーランスであることを前提とした謎解きを書いてきたシリーズにはいささかそぐわない設定だが、実は、私は最初これを短篇小説としては書かなかった。『王とサーカス』の前日談として長篇の劈頭《へきとう》に置くつもりで書いたのだ。しかし出来上がった小説は長篇の第一章というよりも一箇の短篇だったため、担当編集氏と相談の上、これを切り離すことを選んだ。その分だけ長篇の完成までには時間を要することになったが、「真実の一〇メートル手前」が短篇として独立したことにより、本書をいち早く上梓できた。塞翁《さいおう》が馬と言うべきだろうか。

太刀洗万智自身を語り手とした小説を書くべきかどうかは、検討を要した。彼女を、読者に対して内心を明かさない謎めいた人物にすることも魅力的な選択ではあったのだ。しかし、私は結局その道を選ばないことを決めた。

一人称の物語を書けば太刀洗は謎のヴェールを取り去られ、その器をはかられ、底を知られることになる。それこそが、彼女が生きている世界だろうと考えたからだ。

この選択は『王とサーカス』に引き継がれた。

二〇一五年十一月

米澤穂信

解説

宇田川拓也

その風貌には「翳《かげ》と険、ついでに鋭さ」があり、「強《し》いて孤高を望むわけでもないのにどこか超然とした気風」を感じさせる。

のちに新聞記者を経てフリージャーナリストとなる太刀洗万智《たちあらいまち》の初登場作品『さよなら妖精』（二〇〇四年）において、当時高校生の彼女は同級生である守屋路行《もりやみちゆき》の目をとおしてこのように紹介されている。ユーゴスラヴィアからやって来た少女――マーヤと過ごした二か月間の短いながらもかけがえのない時間のなかで変化した守屋に対し、「少し、顔が変わったようね」「面白い顔になったわ」と十代らしからぬ言葉を口にする太刀洗は、誰よりも聡明で、周りを見渡すことができ、真実を見通す目を持った人物であった。しかしそれゆえに物語の終盤で、強い決意に燃える守屋に重大な事実を告げる辛い役目を負うことにもなってしまった。真実を知ることで肩にのしかかる耐え難い重み、伝えるという行ないが孕《はら》む誰かを酷《ひど》く傷つけてしまう危うさ、それでも真実を伝えなければならない瞬間の身を切るような痛み。すでに彼女はこのとき、誠実な記者として生きるうえで忘れてはならないことを早くも理解していたように思う。

本作『真実の一〇メートル手前』は、そんな太刀洗が社会人となり、ジャーナリズムの世界へ進んで以降のエピソードをまとめた六篇からなる作品集だ。

表題作（初出〈ミステリーズ！〉Vol. 72／二〇一五年八月）は、本書で唯一、太刀洗の一人称で綴《つづ》られた作品である。急成長したベンチャー企業の社長である早坂一太と、その妹で広報を担当していた真理が経営破綻《はたん》後に行方をくらます。録音された通話記録から真理の居所を推理した太刀洗は、新人カメラマンの藤沢とともに甲府へと急ぐ。

計画倒産を狙った詐欺のように伝えるニュースがあるいっぽうで、真理と親しい者たちからは「あの子は詐欺なんかしない」「悪い子じゃない」と、かばう声が上がる。報道からは伝わらない真実に迫るべく、手掛かりを追い、謎を解き、新聞記者としての職務と真理の身を案じる個人的心情の間で揺れる太刀洗は、ついに兄妹を捜すどのメディアよりも先に真理の居場所を突き止める。ところが最善と思われる手順を踏んで伸ばし、間に合ったと思われたその手は、それまでの慎重な積み重ねが一瞬で崩れてしまうような結果に、虚しく空《くう》を切ることになる。タイトルの「真実の一〇メートル手前」は、結末の無常観を象徴するとともに、ジャーナリストとして真実を前にした太刀洗を様々に描き出していく本作品集のコンセプトを表しているともいえる。

続く五篇には、すでに新聞記者を辞してフリーに転身した太刀洗が登場する。作中の時間でいうと、フリーになって間もない太刀洗が滞在先のネパールで王族殺害事件を取材することになり、ジャーナリストとしての重要な指針を得るに至る長編『王とサーカス』のあとに位置している。このまま順番に読み進めても問題はないが、ここで一旦本書を離れ、時系列に従って『王とサーカス』に目を通してからまた戻ってくる読み方も一興だろう。

「正義漢」（初出〈ユリイカ〉二〇〇七年四月号。「失礼、お見苦しいところを」改題）は、収録作のなかではもっとも短い作品だ。吉祥寺駅で起こった「人身事故」の直後、男の目が捉えた若い女の姿。まるで「いい場面に出くわした」といわんばかりの卑《いや》しい顔つきでメモ帳にペンを走らせ、身を乗り出して車輛の下部に携帯電話を向ける、記者という人種の恥知らずな一面を切り取ったような出だしだが、ある箇所まで読むと、物語のまったく異なる貌《かお》がふいに浮かび上がってくる。太刀洗の機転とジャーナリストとしての業《ごう》をシャープに描き出し、さらに『さよなら妖精』読者へのうれしい演出も施《ほどこ》された、わずか十数ページに読みどころを複数備えた内容になっている。

「恋累《こいがさね》心中」（初出〈ミステリーズ！〉vol. 26／二〇〇七年十二月）は、世間に大きな衝撃を与えた、三重県の高校生男女による心中事件――ふたりが死を遂げた地名が「恋累」であったことから、タイトルのように名づけられた悲劇の真相を明らかにする一篇だ。この事件を担当する週刊誌記者――都留は、編集長の指示でフリーランスの太刀洗と行動をともにすることに。太刀洗は昨年起きた別の事件を調べるために、一週間前からこの地で取材を続けているのだという。太刀洗の案内で遺体発見現場に赴《おもむ》いた都留は、そこでいくつかの不自然な点に気がつく。

そして、ふたりの遺書が書いてあったノートに乱れた文字で、まだ公表されていない悲痛な言葉が記されていたことを教えられる……。

若い男女の純真が引き起こした無念の死——と思われた事件を探っていくと思わぬ事実がつぎつぎと浮かんでくる展開は想定できても、ホワイダニットとしてもフーダニットとしてもずば抜けたこの物語の、あまりに苦々しい真相には誰もが天を仰いで言葉を失うしかあるまい。都留の「これほどやりきれない事件にも、いずれ慣れてしまう日が来るのだろうか」という心の声に太刀洗が背中で答えるようなラストに、非情な現実に抗《あらが》い続ける覚悟が透けて見える。

相手に冷ややかな印象を与えがちな太刀洗が、その冷たさを意外な形で発揮する「名を刻む死」（初出〈ミステリーズ！〉vol. 47／二〇一一年六月）は、福岡県に住む中学三年生の少年——檜原京介が、近所に住む六十二歳の男性の遺体を発見したことに端を発する物語だ。自身の家で亡くなっていた田上良造は、すぐに難癖をつける迷惑者として近隣住民から避けられていた人物で、すっかり痩《や》せ細り、胃も空《から》で、衰弱死とも病死ともいえる哀れな状態だった。遺体発見から二十日が過ぎ、ニュースも風化したころ、京介の前に太刀洗と名乗る記者が現れる。田上の日記に記された文章「私は間もなく死ぬ。願わくは、名を刻む死を遂げたい」の意味を訊《たず》ねる太刀洗に、ある理由から罪悪感を募《つの》らせていた京介はひとつの願いを口にする……。

自分が見たもの、話したことはなんだったのか。そして常に「結論」が求められる世間に自分の話が伝わることで、どう真実は変質してしまうのか。そうしたことを真剣に考え続ける京介の思慮深さは太刀洗を感心させるが、それが自らを責め苛《さいな》む強固な呪縛にもなってしまうのがじつに皮肉だ。田上の思いもしなかった形で成就してしまった「名を刻む死」。最後に太刀洗の口から放たれる氷のように冷たい渾身《こんしん》の無慈悲な刃が、若者に絡みついた絶望の鎖を断ち切ってくれることを、読み終えたあとも祈らずにはいられなくなる。

「正義漢」と同様に『さよなら妖精』と密接なつながりを持つ「ナイフを失われた思い出の中に」（初出『蝦蟇倉市事件2』／二〇一〇年二月刊）は、これぞ本書の白眉《はくび》として強く推《お》したい傑作だ。ある夏の日、日本にやって来たヨヴァノヴィチは、妹の友人であった太刀洗と待ち合わせ、その仕事に同行したいと申し出る。いま太刀洗が調べているのは、十六歳の少年が三歳の幼女を刺殺した痛ましい事件だという。犯行は近所の住民に目撃されており、逃亡した少年はほどなく逮捕され、自ら手記を綴って罪を認めている。一見単純に思える事件だが、見過ごすことのできない不審な点があった……。

本作で太刀洗は、刺殺事件の真相究明に加えて、「あなたはどのようにして（記者としての）ご自分の仕事を正当とされるのですか」というヨヴァノヴィチの問いに信頼を損なわない形で答え、いまでも自分が十五年前と同様にヨヴァノヴィチの妹の尊敬に値する人間であることを証明しなければならなくなる。米澤穂信の類《たぐい》まれなる力量とセンスに改めて目を見張る要素がいくつもちりばめられており、繊細な手つきで組み立てられた物語構造、刺殺事件の凶器の行方とヨヴァノヴィチの記憶どちらにも掛かる秀逸なタイトル、『王とサーカス』とも通底するジャーナリストに対する厳しい問題提起など、注目すべき美点の多さは収録作のなかでも頭ひとつ抜けている。ラスト直前、ヨヴァノヴィチが太刀洗の秘かな狙いを見抜き、妹の言葉を思い出す場面には思わず目頭が熱くなってしまった。

　本当の意味での「スクープ」とは、どのようなものであるべきか——を考えさせられる「綱渡りの成功例」（単行本版刊行に際し書き下ろし／二〇一五年十二月）の舞台は、未曾有《みぞう》の豪雨により民家三軒を巻き込む土砂崩れが起こった長野県南部。七十歳を超えた戸波夫妻が住む一軒だけが無傷で残るも、そこは陸の孤島と化して救助は難航する。三日後、ようやくレスキュー隊によって夫妻が助け出され、死者も出た深刻な水害のなかで唯一明るい話題となった。一夜明け、実家の雑貨屋を手伝う大庭のもとに思わぬ人物——大学時代の先輩である太刀洗が訪ねてくる。フリーの記者として取材にやって来たという太刀洗だが、なぜか救助された夫妻に生活用品を売っていたのが「大庭商店」で間違いないかを大庭に訊いてくる……。

「ナイフを失われた思い出の中に」で太刀洗は、記者である自分なりのやり方で救いの手を差し伸べようと試みたが、本作もまた同様だ。助け出された夫妻が誰にも気づかれることなく裡《うち》に秘めていた後ろめたい思いをたったひとつの質問で引き出してしまうばかりか、自分の取材によって生じる効果や影響を見越した周到さには唸《うな》るしかない。新聞記者時代の苦い記憶となった表題作を改めて振り返ると、本作での太刀洗の超絶ぶりがいっそう際立って見える。また、これまで数えきれないほどの傷を負い、苦難の道を歩いてきた異能者が、ここでの役目を終えてつぎの目的地を目指す流浪譚《るろうたん》のような趣《おもむき》も感じられる。

　インターネットが日常的なツールとなり、スマートフォンの普及とＳＮＳの発達で、ひとびとの意識から「知ること」と「伝えること」に対する慎重さが大きく失われてしまった現代は、太刀洗のようなタイプの記者にしてみると、まさにひとり荒野を往《ゆ》くに等しい世界なのかもしれない。顔も合わせたことのない者同士が罵《のの》り合い、よく考えもせず不用意な言葉を投じて炎が上がり、意に染まない書き込みがあれば相手構わず噛みつこうとする喧騒《けんそう》は、ますます勢いを増すばかりだ。それでも、強い覚悟をもって真実の一〇メートル手前に何度でも立ち続ける太刀洗の姿は、いま一度「知ること」と「伝えること」について考え直すきっかけを広く与えてくれるに違いない。

本書は、二〇一五年に小社より刊行された作品の文庫化です。

著者紹介　1978年岐阜県生まれ。2001年、『氷菓』で第5回角川学園小説大賞奨励賞（ヤングミステリー＆ホラー部門）を受賞しデビュー。2011年、『折れた竜骨』で第64回日本推理作家協会賞、14年には『満願』で第27回山本周五郎賞を受賞。他の著作に『さよなら妖精』『いまさら翼といわれても』『リカーシブル』『王とサーカス』など。

検印
廃止

真実の10メートル手前

2018年3月23日　初版

著者　米《よね》澤《ざわ》穂《ほ》信《のぶ》

発行所（株）東京創元社
代表者　長谷川晋一

162-0814/東京都新宿区新小川町1-5
電話　03・3268・8231-営業部
03・3268・8204-編集部
URL　http://www.tsogen.co.jp
晩印刷・本間製本

ISBN978-4-488-45109-7　C0193

本をめぐる様々な想いを糧に生きる《私》

THE DICTIONARY OF DAZAI'S◆Kaoru Kitamura

太宰治の辞書

北村 薫

創元推理文庫

◆

新潮文庫の復刻版に「ピエルロチ」の名を見つけた《私》。
たちまち連想が連想を呼ぶ。
ロチの作品『日本印象記』、芥川龍之介「舞踏会」、
「舞踏会」を評する江藤淳と三島由紀夫……
本から本へ、《私》の探求はとどまるところを知らない。
太宰治「女生徒」を読んで創案と借用のあわいを往来し、
太宰愛用の辞書は何だったのかと遠方に足を延ばす。
そのゆくたてに耳を傾けてくれる噺家、春桜亭円紫師匠。
「円紫さんのおかげで、本の旅が続けられる」のだ……

収録作品＝花火，女生徒，太宰治の辞書，白い朝，
一年後の『太宰治の辞書』，二つの『現代日本小説大系』

謎との出逢いが増える——
《私》の場合、それが大人になるということ